사르비아 총서 · 645

모 모 (하)

미하엘 엔데 지음 / 서석연 옮김

범우사

국립중앙도서관 출판시도서목록(CIP)

모모. 하 / 미하엘 엔데 지음 ; 서석연 옮김. -- 2판. --
파주 : 범우사, 2005
  p. ; cm. -- (사르비아총서 ; 645)

원서명: Momo
원저자명: Ende, Michael
ISBN 89-08-03326-2 04850 : ₩6000
ISBN 89-08-03202-9(세트)

853-KDC4
833.914-DDC21   CIP2005001637

Michael Ende MOMO

모모(하) · 차례

모모 (하)

시간도둑과 도둑맞은 시간을 인간에게 되찾아주는

꼬마의 불가사의한 이야기

악당들이 위기를 넘기려 모이다

잿빛 불빛이 밝혀진 끝없는 거리와 골목길에서는 시간저축
은행의 외무사원들이 몹시 흥분해서 이리저리 뛰어다니며 긴급
뉴스를 수군수군 주고받고 있었다. 간부 전원이 참석하는 비상
회의가 소집되었다는 것이다!

그것은 분명 중대한 위험이 발생했다는 것을 의미한다고 말
하는 자가 있는가 하면, 시간을 얻기 위한 새로운 방법이 발견
되었을 거라고 말하는 자도 있었다.

대회의실에서 회색 사나이들의 간부회의가 열렸다. 그야말로
끝없이 긴 회의용 탁자 앞에 그들은 빽빽이 줄지어 앉았다. 모두
들 한결같이 납회색 서류 가방을 지니고, 작은 회색 시가를 피우
고 있었다. 다만 둥근 중산모만은 벗고 있었기 때문에, 그들이
하나같이 완전한 대머리라는 것을 금방 알아볼 수 있었다.

그들의 기분은—이 회색 사나이들에게도 이런 기분이라는

말을 쓸 수 있다면—무겁게 가라앉아 있었다.

긴 탁자 윗자리에 앉아 있던 의장이 일어섰다. 그러자 웅성거리는 소리가 잦아들고 두 줄의 끝없는 회색 얼굴이 일제히 그를 향했다.

의장이 입을 열었다.

"우리의 현재 사태는 몹시 심각하오. 나는 여러분에게 불쾌하지만 엄연한 사실을 바로 전달하지 않을 수 없소. 모모라는 소녀를 추적하는 일에 우리는 동원 가능한 사원을 모두 동원시켰소. 이 추적에는 모두 6시간 30분 8초가 걸렸소. 이로 인하여 그 사원들은 부득이 원래의 생존 목적, 즉 시간을 벌어들이는 일을 소홀히 하지 않을 수 없었소. 이 손실에 덧붙여, 추적하는 동안 우리 사원이 낭비한 시간도 생각해야겠소. 이 두 가지의 손실을 합하면, 정확히 3,738,259,114초가 되오.

여러분, 그것은 한 인간의 한평생보다도 많은 시간이오! 그것이 우리에게 얼마나 엄청난 것을 의미하느냐 하는 점에 대해선 내기 굳이 설명할 필요가 없을 것이오."

그는 잠시 말을 중단하고 커다란 몸짓으로, 회의실 정면 벽에 붙어 있는 어마어마한 강철문을 가리켰다. 그 철문에는 번호로 된 자물쇠가 겹겹이 붙어 있었다.

그는 한층 목청을 높여 다시 말을 계속했다.

"여러분, 우리의 시간 금고는 무한정하게 있지 않소. 게다가 추적이 성공했다면 몰라도! 어쨌든 그것은 완전히 소득 없는 시간 낭비였소! 모모는 우리 손에서 빠져나갔소.

여러분, 이런 일이 결코 두 번 다시 일어나서는 안 되겠소. 이렇게 값비싼 대규모의 계획은 그것이 어떤 것이든 나는 단연코 반대요. 우리는 시간을 절약해야 하오.

여러분, 낭비는 절대 안 됩니다! 그래서 부탁인데 앞으로 모든 계획은 이런 원칙에 따라 세워주기 바라오. 이상으로 내 얘길 마치겠소. 고맙소."

그는 자리에 앉아 짙은 시가 연기를 내뿜었다. 좌중에서는 웅성거리는 소리가 들렸다.

그러자 이번에는 긴 탁자의 반대편 끝에 앉아 있던 두번째 연사가 일어섰고, 모든 회색 얼굴이 그를 향했다.

"여러분, 우리는 모두 우리 시간저축은행의 발전을 한마음으로 바라고 있소. 그렇지만 이 단 하나의 사건을 두고 동요하거나 비참한 파멸로 생각할 필요는 없다고 봅니다. 이번 일은 그런 사건은 아니오. 여러분도 아시다시피 우리의 시간 금고는 이미 방대한 저장량을 보유하고 있고, 이번 손실의 몇 배의 손실을 겪는다 해도 우리는 결코 심각한 위기에 처하진 않을 겁니다. 한 사람의 평생이란 우리한테 과연 얼마만한 것이오? 새 발의 피지요.

하지만, 그런 일을 두 번 다시 반복해서는 안 된다는 우리 의장님의 발언에 나는 전적으로 동의하는 바이오. 이 모모 사건과 같은 일은 결코 두 번 다시 있을 수 없는 사고라고 생각하오. 그 비슷한 일도 지금까지 발생한 적이 없었소. 그리고 앞으로도 그런 일이 다시 일어나리라고는 절대 생각지 않소.

마지막으로, 우리가 모모라는 소녀를 놓쳤다는 의장님의 질책은 지당한 것이긴 하오. 하지만 우리가 목표했던 것은 이 소녀가 우리한테 아무런 해도 끼치지 못하게 하는 것이 아니었소? 그렇다면 어쨌든 우리의 목표는 이루어진 셈이 아니오. 그 아이는 사라졌소. 시간의 영역에서 도망쳐 버렸소! 우리가 그렇게 내몰았소. 우리는 이 결과에 만족해도 좋다고 생각하오."

연사는 자신이 너무 말을 잘했다는 듯 미소를 지으면서 자리에 앉았다. 연이어 힘없는 박수소리가 들렸다.

그러자 세번째 연사가 긴 탁자의 한가운데서 일어섰다. 그는 찌푸린 얼굴로 입을 떼었다.

"간단히 말씀드리겠소. 나는 지금 우리들을 안심시키는 말은 무책임하다고 생각하오. 이 아이는 보통아이가 아니오. 우리는, 이 아이가 우리의 일을 대단히 위험한 지경에 빠뜨릴 수 있다는 것을 알고 있소. 이 사건이 지금껏 한 번도 발생한 적이 없었다고 해서 앞으로도 더 이상 반복되지 않는다는 법은 없소. 정신을 바짝 치립시다. 이 아이를 실제로 우리의 손아귀에 넣을 때까지는 결코 마음을 놓아서는 안 되오. 결국 이 아이를 잡아야만 두 번 다시 해가 되지 않는다고 확신할 수 있소. 사실 이 아이가 시간의 영역을 떠날 수 있었다는 것은 언제라도 되돌아올 가능성이 있다는 것을 반증하는 것이오. 틀림없이 이 아이는 되돌아올 것이오!"

그는 자리에 앉았다.

회색 일당의 간부들은 고개를 떨구고 풀이 죽어 앉아 있었다.

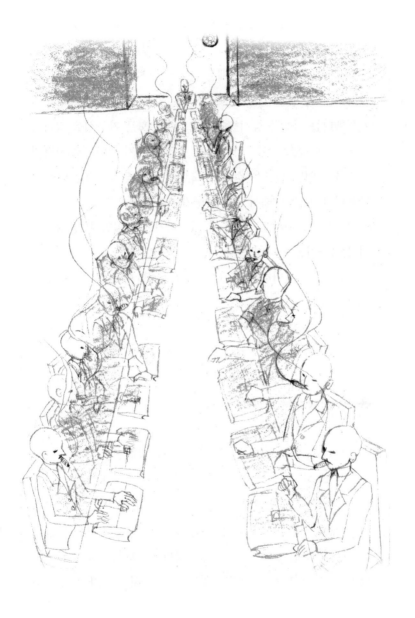

이어서 이번에는 세번째 연사 맞은편에 앉은 네번째 연사가 입을 열었다.

"여러분, 미안하지만 이제는 분명히 밝혀야겠습니다. 우리는 가장 중요한 점을 잊고 있소. 우리는 이 사건에 제삼자의 힘이 개입했다는 사실을 중시해야 하오. 나는 모든 가능성을 정확하게 검토해 보았소. 어린아이가 죽지 않고 자기 체력으로 시간의 영역을 벗어날 확률은 정확히 42,000,000분의 1이라는 계산이 나옵니다. 다시 말해서 그것은 불가능한 일이오."

흥분된 소리가 간부진 사이 여기저기에서 일었다. 웅성거림이 잦아들기를 기다려 연사는 말을 이었다.

"어느 모로 판단하든 간에, 우리의 추적망에서 벗어나도록 모모라는 소녀를 도와준 힘이 있소. 내가 누구를 염두에 두고 말하는지 여러분은 모두 아실 것이오. 바로 호라 박사가 문제요."

그 이름을 듣자마자 대부분의 회색 사나이들은 얻어맞은 듯 몸서리를 쳤고, 어떤 자는 벌떡 일어나 격렬한 몸짓으로 아우성을 쳤다.

"여러분! 제발 부탁이오, 진정하시오."

네번째 연사는 두 팔을 내저으며 큰 소리로 호소했다.

"여러분이 다 아시다시피 나도 이 이름을 입에 올리는 것은 결코 적절치 않았음을 인정하오. 저도 퍽 고민을 했었소. 그러나 사태를 직시해야 합니다. 그 자가 모모라는 소녀를 도왔다면 거기엔 그럴 만한 이유가 있을 것이오. 그리고 그 이유란 보나마나 우리한테는 불리한 것입니다. 요컨대 우리가 미리 염두에 두어야 할 것은 그 호라라는 인물이 이 아이를 돌려보낼 때에는 그냥 돌려보내지 않고 우리에게 맞서게 하기 위해 단단히 무장을 시켜 보내리라는 점이오. 만약 그렇다면 우리들은 치명적인 위험에 처해질 것이오. 그러니 우리는 또 한 번 한 사람 몫의 시간, 아니 몇 사람 몫의 시간을 써서라도 막아야 합니다. 경우에 따라서는 조금 아끼려다 돌이킬 수 없는 사태가 올 수도 있을 것이오. 나의 뜻을 여러분이 충분히 이해하리라고 믿소."

회색 사나이들 사이에 흥분이 점점 커져 모두가 웅성웅성 얘기를 주고받았다. 그러자 다섯번째 연사가 벌떡 일어나 격렬하게 두 손을 휘둘렀다.

"조용, 조용히 하시오! 지금 발언한 동료께서는 유감스럽게도 온갖 비관적인 경우만을 보여주는 데 그쳤소. 하지만 그에 대비해서 어떤 행동을 취해야 하는 건지 그 자신도 해답을 가지고 있지 않소! 그는 우리가 모든 희생을 각오해야 한다고 했소. 좋아요! 죽음의 위험까지도 말이오. 그것도 좋아요! 우리가 쌓아둔 재산을 사용하는 데 인색해서는 안 된다고 했소. 좋아요! 그렇지만 사실 이 모든 주장은 단지 부질없는 말에 지나지 않소! 우리가 실제로 해야 할 행동에 대해서는 한마디도 하지 않았소! 호라 박사가 모모라는 소녀에게 어떤 방법을 줄 것인가, 우리는 그것을 모르고 있소. 우리는 전혀 정체를 알 수 없는 위험 앞에 놓여 있소. 이거야말로 우리가 우선 풀어야 할 최대의 숙제인 것이오!"

회의실은 더욱 소란해졌다. 모두가 뒤섞여 고함을 치고, 어떤 자는 두 주먹으로 탁자를 내리치고, 어떤 자는 두 손으로 얼굴을 감쌌다. 모두들 놀라움과 공포에 사로잡힌 상태였던 것이다.

여섯번째 연사가 가까스로 회의석상의 흥분을 가라앉혔다. 자신의 말을 들어 달라고 거듭거듭 호소하자 마침내 장내는 조용해졌다.

"그렇지만 여러분, 그렇지만 여러분, 제발 냉정하십시오. 지금 가장 중요한 것은 냉철한 이성이오. 만일 모모라는 소녀가 그 호라 박사로부터 어떤 방법을 받고 돌아온다고 칩시다. 그럴 경우 우리는 결코 직접 나서서 맞서 싸울 필요가 없소. 우리들은 그렇게 직접 대결하기에는 적당하지 못하다고 보고 있소. 그때 연기처럼 사라진 우리의 동료 BLW/553/c호의 슬픈 운명에서 우리는 그 점을 뼈아프게 목격하지 않았소! 그런 개인적 접촉은 결코 하면 안 됩니다. 우리는 인간들 중에 충분한 협력자를 갖고 있소! 이런 무리들을 눈에 띄지 않게 잘 이용하면, 우리의 모습을 드러내지 않고서도 모모라는 소녀와 그 소녀가 가져올지도 모를 위험을 완전히 몰아낼 수 있소. 이런 방법을 쓰면 시간도 절약되고 우리도 안전하고 또 반드시 효과적일 것이오."

대부분의 간부진들은 안도의 숨을 내쉬었다. 이 제안은 모두에게 그럴싸하게 들렸던 것이다. 회의석 제일 윗자리에 앉아 있던 일곱번째 연사가 일어나 말하지 않았더라면, 이 제안이 즉석에서 채택되었을는지도 모른다.

"여러분, 우리는 지금껏 이 모모라는 소녀에게서 어떻게 벗어날 수 있는가에 대해서만 거듭 생각했소. 솔직히 두려운 감정이 우리를 그렇게 몰고 갔던 것을 인정합니다. 그렇지만 두려움이란 좋은 생각의 훼방꾼이오. 우리는 어쩌면 절호의 기회, 두 번 다시 없을 기회를 놓칠지도 모르오. 이런 격언이 있지요. '정복할 수 없는 상대는 친구로 만들라.' 이 모모라는 소녀를 우리 편으로 끌어들일 생각은 왜 안 하시오?"

"조용히 들어요, 조용히 들어요!"

몇몇 간부가 소리쳤다.

"좀더 자세히 설명하시오!"

"우리가 찾으려 해도 불가능했던 그 길, 다시 말해 호라 박사의 집으로 가는 길을 그 아이가 찾아냈다는 건 분명한 사실이오! 그러니까 그 아이는 언제라도 그 길을 다시 찾아갈 수 있을 테고 우리를 그 길로 안내할 수 있을 것이오! 그럼 우리는 우리 식으로 호라 박사와 협상을 벌일 수 있소. 장담컨대 우리는 그자를 쉽게 설득할 수 있소. 우리가 일단 그 자리를 차지하고 나면, 그 다음에야 구차스럽게 시간, 분, 초를 긁어 모으려 애쓸 필요가 없을 것이오. 전혀 그럴 필요가 없지요. 우리는 모든 인간의 시간을 한꺼번에 몽땅 손아귀에 넣을 수 있으니까요! 인간의 시간을 소유한다는 것은 곧 끝없는 권력을 차지하는 셈이오! 여러분, 우리는 목표를 달성할 수 있소! 여러분 모두가 없애 버리기를 원하는 모모를 우리가 이용하면 되오!"

회의실에는 쥐죽은 듯한 침묵이 흘렀다.

그러자 여덟번째 연사가 소리쳤다.

"하지만 이 소녀를 속여 꾀어내는 일이 불가능하다는 것을 알고 있소? 동료 사원 BLW/SS3/c호의 경우를 떠올려 보시오. 우리들 중 누가 그와 똑같은 운명을 겪을지 모르는 일이잖소!"

"대체 누가 속이겠다고 했소? 우리는 물론 우리 계획을 솔직하게 털어놓는 거요."

일곱번째 연사가 흥분하여 대답했다.

그러자 또 다른 자가 손짓을 하며 외쳤다.

"하지만 그렇게 되면 그 꼬마가 우릴 순순히 돕겠소? 그것은 생각조차 할 수 없는 일이오!"

"나는 그렇게 어렵지 않다고 생각하오."

아홉번째 연사가 논쟁에 끼어들었다.

"우리는 이 꼬마를 꾀어낼 수 있는 미끼를 아주 자연스럽게 제공해야 할 것이오. 예를 들면 그애가 원하는 대로 시간을 주기로 약속한다든지……."

"당연히 지킬 수 없는 약속이잖소!"

다른 사람이 그 사이에 끼어들어 소리쳤다.

"이니, 당연히 지켜야지요!"

아홉번째 연사는 이렇게 대답하며 싸늘한 미소를 머금었다.

"우리가 진실로 대하지 않으면 그 꼬마가 당장 눈치챌 것이오."

"안 돼요, 거기엔 반대요!"

의장이 소리를 치며 의석을 쾅 내리쳤다.

"나는 그렇게 할 수 없소! 실제로 꼬마가 원하는 대로 시간을 준다면, 그건 엄청난 재산의 손실을 가져올 것이오!"

"아니, 그건 그다지 문제가 되지 않소. 어린애 하나가 써봐야 시간을 얼마나 쓰겠소? 당연히 거기에는 한계가 있어요. 얼마 안 되는 손실일 것이오. 그 대신 우리가 받게 될 전체 시간을 생각해 보시오! 전인류의 시간을! 그것에 비하면 모모가 낭비한 얼마 안 되는 시간은 잡비 항목으로 처리할 수 있고, 또 그래야지요. 엄청난 이득을 생각해 보시소, 여러분!"

연사는 간부들을 진정시키며 말했다.

연사는 자리에 앉았고 모두들 그 이해득실에 대해 여러 모로 계산을 했다.

이윽고 여섯번째 연사가 입을 뗐다.

"하지만 역시 그것은 안 되오."

"어째서 안 되오?"

"간단한 이유에서요.·이 소녀는 유감스럽게도, 자기가 원하는 만큼의 시간을 충분히 갖고 있으니까요. 넘치는 것을 미끼로 꾀어낸다는 것은 부질없는 짓이오."

"그렇다면 우선 이 아이한테서 시간을 빼앗아야겠군."

아홉빈째 연사가 대답했다.

의장은 탁상공론에 진력이 난 듯 고개를 저었다.

"그만둬요. 우리는 다시 원점으로 되돌아왔소. 게다가 이 아이에게 한치도 접근을 못 했소. 바로 이 점이 문제요."

길게 늘어앉아 있는 간부진의 대열에서 실망의 한숨이 새어나왔다.

"만약 허락하신다면 제안을 하나 하겠소. 허락해 주시겠소?"

열번째 연사가 말했다.

"말씀하시오."

의장이 말했다.

그 연사는 의장에게 간단히 목례를 하고 말을 시작했다.

"이 소녀는 친구들에게 의지하여 살고 있소. 이 아이는 자기 시간을 다른 사람에게 선물하기를 좋아하지요. 그런데 만약 시간을 같이 나눌 대상이 한 사람도 남지 않고 없어진다면 어떻게 될 것인가 한 번 생각해 보시오. 이 소녀가 우리 계획에 협조하지 않을 것이 확실하다면 차라리 이 아이의 친구들을 잡아두는 게 어떨까요?"

그는 서류 가방에서 서류 분류함을 꺼내 뒤적거렸다.

"누구보다도 도로청소부 베포라는 자와 관광안내원 지지라는 젊은이가 문제의 대상이오. 그리고 또 여기 모모를 정기적으로 찾아가는 어린애들의 명단이 다 있소. 보시다시피, 여러분, 힘든 일이 아니오!

우리는 단지 이 모든 인간들을 모모의 손에 닿지 않게 떼어 놓는 것이오. 그러면 갈 데 없는 모모는 완전히 외토리기 될 것이오. 그렇게 되면 그 애에게 많은 시간이 무슨 의미가 있겠소? 그건 무거운 짐이 될 겁니다. 그렇고말고요. 차라리 저주스러울 겁니다. 조만간 이 꼬마도 그것을 견디지 못하게 될 테고, 그후에 여러분, 우리가 현장에 나타나서 우리의 조건을 제시하는 거요. 10분의 1초에 대해 천 년을 걸고 장담하지요. 그렇게 되면 이 꼬마도 친구들을 되찾기 위해서라도 앞서 말한 길로 우리를 안내할 것이오."

지금껏 의기소침해서 시선을 떨구고 있던 회색 일당은 모두 고개를 들었다. 그들은 의기양양해져서 엷은 미소를 지었다. 그들은 박수를 쳤다. 박수소리가 미로처럼 끝없는 복도에 부딪혀 메아리치며 산사태처럼 엄청나게 울려 퍼졌다.

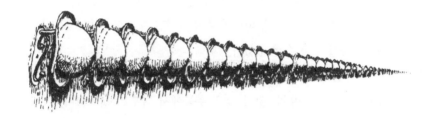

모모, 시간의 나라로 가다

모모는 지금까지 한 번도 본 적이 없는 어마어마하게 큰 홀에 서 있었다. 그것은 가장 큰 규모의 어떤 교회보다도, 넓은 역의 대합실보다도 큰 방이었다. 천장은 아득히 높은 곳에, 아주 거대한 기둥들에 의해 떠받쳐져 있었지만 희미한 불빛으로 인하여 확실히 볼 수는 없었다.

창문은 하나도 없었다. 이 엄청난 크기의 홀을 밝히고 있는 황금빛은 헤아릴 수 없이 많은 촛불에서 나오는 것이었다. 그 불꽃들은 마치 반짝이는 그림 물감으로 그려진 듯, 빛을 내는데 전혀 초를 태우는 것 같지 않았다. 촛불의 불꽃은 일렁임이 전혀 없어 보였다.

모모가 이곳에 들어서면서 들었던 수천 가지의 째깍째깍, 똑딱똑딱, 땡땡 하는 소리는 온갖 크기와 모양을 가진 수많은 시계들의 하모니였다. 그 시계들은 긴 탁자 위에, 유리 진열장 속에, 황금빛 콘솔 위에 그리고 끝없이 긴 선반 위에 놓이거나 세워져 있었다.

그중에는 보석으로 장식된 조그마한 회중시계도 있었고 평범한 양철 괘종시계도 있었으며, 모래시계, 춤추는 인형이 얹혀 있는 오르골시계, 해시계, 나무시계, 돌시계, 유리시계 그리고 흘러가는 물로 돌아가는 시계들까지 있었다. 벽에는 온갖 종류의 뻐꾹시계며 흔들리는 육중한 추가 달린 여러 종류의 시계들이 걸려 있었는데, 그중 어떤 시계의 추는 장중하게 느릿느릿 움직였고 어떤 것은 조그만 추가 째깍째깍 촐싹맞게 왔다 갔다했다.

이층 정도의 높이에까지 나선형으로 홀을 둘러싼 계단이 있어서 올라가게 되어 있었다. 그리고 그 위로 더 높이 두번째의 나선형 계단이, 그 위로 세번째, 그 위로 네번째의 나선형 계단이 있었다. 게다가 어디를 가나 각종 시계들이 걸려 있거나 세워져 있거나 혹은 놓여 있었다. 그중에는 지구상의 모든 곳에서의 시각을 가리키는 지구의地球儀 모양의 만국 표준시계도 있었고, 해·달·별이 있는 커다란 천체의天體儀들도 있었다.

이 홀의 중앙에는 온통 세워두는 시계로 이루어진 숲이 솟아 있었다. 평범한 추시계에서부터 진짜 탑시계에 이르기까지 그야말로 시계의 숲을 이루고 있었다.

어디에서고 시각을 알리는 시곗소리가 끊임없이 들려왔다. 사실 이 모든 시계는 제각기 다른 시각을 가리키고 있었다.

하지만 그 소리는 결코 불협화음이 아니라 여름 숲속에서 들리는 것처럼 규칙적이고 아름다운 화음이었다.

모모는 주위를 여기저기 기웃거리며 눈을 동그랗게 뜨고 온갖 진기한 풍경을 열심히 구경했다. 그러다가 모모는, 춤을 추며 두 손을 마주 내밀고 서 있는 작은 남녀의 상이 얹힌, 예쁘게 장식된 오르골시계 앞에 섰다. 그리고 그것들이 움직이는 모습을 보려고 손가락으로 살짝 건드리려는 순간 갑자기 어디선가 다정한 음성이 들려왔다.

"아, 네가 돌아왔구나, 카시오페이아. 꼬마 모모는 안 데려왔니?"

모모는 뒤를 돌아보았다. 탁상시계 숲 사이로 난 좁은 길에서, 은발의 한 노인이 바닥에 앉아 있는 거북을 몸을 굽히고 바라보고 있었다. 노인은 금실로 수놓은 긴 저고리에 푸른 색 비단 반바지를 입고, 길고 하얀 양말에 커다란 황금 장식이 달린 구두를 신고 있었다. 손목과 목 언저리에는 레이스가 굽이치고 있었고, 은발은 뒤쪽에서 작은 갈래로 땋아서 드리우고 있었다. 모모로서는 생전 처음 보는 차림새였다. 하지만 조금만 상식이 있는 사람이라면, 이 복장이 2세기 전에 유행하던 것임을 금세 알아보았을 것이다.

"뭐라고? 그 애가 벌써 여기 와 있다고? 대체 어디 있느냐?"

노인은 여전히 거북을 향해 몸을 굽힌 채 말했다.

그는 베포 할아버지의 것과 비슷하지만 황금으로 만들어진 점만이 다른 조그마한 안경을 꺼내 쓰고는 주위를 살피듯이 둘러보았다.

"여기 있어요!"

모모가 소리쳤다.

노인은 기쁜 듯이 환하게 웃음지으며 두 손을 벌리고 모모에게 다가왔다. 그렇게 다가오는 동안 모모의 눈에는 노인의 모습이 한 발짝 옮길 때마다 젊어지는 것처럼 보였다. 마침내 모모 앞에 서서 두 손을 맞잡고 힘차게 흔들었을 때, 노인의 모습은 모모와 비슷한 또래인 것처럼 젊어졌다.

"잘 왔다! 초공간의 집에 온 걸 진심으로 환영한다, 꼬마 모모. 나를 소개하지. 나는 호라 박사야. 세쿤두스 미누티우스 호라."

그는 기뻐하며 큰 소리로 말했다.

"정말 저를 기다리고 계셨어요?"

모모는 아직 어리둥절해서 물었다.

"물론이지! 너를 데려오도록 내가 이 거북 카시오페이아를 보냈는걸."

그는 조끼 호주머니에서 다이아몬드가 박힌 회중시계를 꺼내어 뚜껑을 활짝 열었다.

"정말 놀랄 만큼 딱 제 시각에 도착했구나."

그는 부드러운 웃음을 머금고 말하면서 모모에게 그 시계를 내밀었다.

시계의 숫자판에는 시곗바늘도 숫자도 없고 다만 서로 반대 방향으로 천천히 돌아가고 있는 맞물린 두 개의 섬세한, 지극히 섬세한 태엽이 있을 뿐이었다. 태엽이 서로 맞물리는 교차점에서 이따금 작은 불꽃이 반짝거리며 빛을 냈다.

"이것은 별의 시각을 나타내는 시계란다. 이 시계는 아주 소중한 별의 시각을 어김없이 가리켜 주지. 이제 막 운명적인 별의 시간이 시작된 거야."

호라 박사가 말했다.

"도대체 별의 시간이란 무엇인가요?"

모모가 물었다.

"잘 들어봐, 우주에는 때로는 어떤 특별한 순간이 있단다. 저 아득한 곳의 별들에 이르기까지 모든 사물과 존재가 독특한 방식으로 영향을 미침으로써, 이제까지 한 번도 없었고 앞으로도 없을 그러한 어떤 일이 일어나는 그런 순간이 말이다. 하지만 유감스럽게도 대부분의 인간들은 이 순간을 이용할 줄 모른단다. 그래서 별의 시간은 대부분 모르는 사이에 그냥 지나가 버리고 말지. 그렇지만 이 시간을 알아보는 사람이 하나라도 있다면 세상에서는 위대한 사건이 일어나는 거야."

"그러기 위해 그런 시계가 필요하겠군요."

모모가 말했다.

호라 박사는 미소를 머금은 채 고개를 저었다.

"이 시계만으로는 아무런 소용이 없어. 시계를 읽을 줄 알아야 한단다."

그는 다시 시계를 딸깍 닫아 조끼 호주머니에 집어넣었다.

모모가 이상스럽다는 듯한 눈길로 그의 차림새를 훑어보자 그도 그 이유를 알아채고는 자기 모습을 내려다보더니, 이마에 주름을 지으며 말했다.

"아, 이제 보니 유행에 뒤떨어졌군, 내 모습이. 이렇게 주의력이 모자란다니까. 당장 바꿔 입어야겠어."

그는 자기 손가락을 탁 퉁겼다. 그랬더니 눈 깜짝할 사이에 높은 스탠드 칼라의 예복 차림으로 바뀌었다.

"이젠 좀 나아졌니?"

그는 자신 없는 투로 모모에게 물었다. 하지만 이번에야말로 아까보다 더 어리둥절해하고 있는 모모의 표정을 보더니 다시 이렇게 말했다.

"아니, 물론 아직 제대로가 아니지! 대체 내가 정신을 어디다 빼놓고 있담!"

그는 다시 한 번 손가락을 퉁겼다. 그랬더니 이번엔 느닷없이 모모도, 그 누구도 아직 한 번도 본 적이 없는 차림으로 변했다. 그도 그럴 것이 이번에는 백 년 후에야 유행될 옷이었기 때문이다.

"이것도 안 될까?"

그는 또 물었다.

"자, 이것도 벗어 던져 버려야 하는 모양이구나! 잠깐, 다시 한 번 해보마."

그는 세번째로 손가락을 탁 퉁겼다. 그러자 마침내 오늘날 흔히 볼 수 있는 평상복 차림으로 변했다.

"이제 제대로 됐지? 나 때문에 공연히 놀란 건 아니겠지, 모모. 그냥 장난 좀 쳐보았단다. 이제 식탁으로 가시지요, 꼬마 아가씨. 벌써 아침 식사가 준비되어 있어요. 퍽 먼 길을 걸어왔으니까 맛있게 먹을 수 있을 거야."

그는 모모를 보고 눈을 찡긋해 보였다.

그는 모모의 손을 잡고 시계 숲 한가운데로 안내했다. 거북
은 약간 거리를 두고 그들을 뒤따랐다. 좁은 길은 미로의 중앙
통로처럼 가로 세로로 마구 뒤얽혀 있었는데, 그들은 마침내 몇
개의 큰 벽시계가 벽으로 되어 있는 작은 방으로 들어갔다.

방 한쪽 구석에는 아치 모양의 발이 달린 작은 식탁 하나, 아
담한 소파와 거기에 어울리는 푹신한 안락의자가 몇 개 놓여 있
었다. 이곳 역시 움직이지 않는 황금빛 촛불이 환히 밝혀져 있
었다.

식탁 위에는 배가 불룩한 황금 주전자 하나와 두 벌의 작은
차잔, 접시, 작은 숟가락과 나이프가 놓여져 있었는데, 온통 번
쩍이는 황금으로 만들어진 것이었다. 작은 바구니에는 황갈색
으로 바삭바삭하게 구운 동그란 빵이 담겨 있었고, 작은 접시
안에는 황금빛 버터, 또 다른 접시에는 마치 황금의 액체처럼
보이는 꿀이 담겨 있었다. 호라 박사는 배가 불룩한 주전자에서
두 개의 잔에다 초콜릿을 따르더니 들라는 손짓을 하고 점잖게
말했다.

"자, 꼬마 손님, 많이 먹어요!"

모모에겐 말이 필요없었다. 마실 수 있는 초콜릿이 있다니,
모모는 생전 처음이었다. 또한 동그란 빵에 버터와 꿀을 발라
먹는 것도 모모의 생활에서는 흔치 않은 일 중의 하나였다. 게
다가 이렇게 맛있는 음식은 한 번도 먹어본 적이 없었다. 그래

서 모모는 처음에는 완전히 음식에 정신이 팔려서 딴 생각을 할 겨를도 없이 배가 부르도록 먹고 마셨다. 그런데 음식을 먹다 보니 이상하게도 먹을수록 피곤이 씻은 듯이 사라지고 밤새 한잠도 못 잤는데도 상쾌하고 즐겁고 기분이 좋아졌다. 시간이 지날수록 음식은 더욱 맛있었다. 하루 종일이라도 먹을 수 있을 것만 같았다.

호라 박사는 다정하게 모모를 바라보았다. 먹는 데 방해가 되지 않도록 말을 걸지 않았다. 그는 이 꼬마 손님이 오랫동안의 배고픔을 달래고 있음을 잘 알고 있었다. 아마 그래서였나 보다. 모모를 바라보던 박사가 점점 나이가 들어 보이더니, 마침내 다시 은발의 노인으로 변해 버렸다. 모모가 나이프를 잘 다룰 줄 모른다는 것을 눈치챈 그는 동그란 빵에 버터와 꿀을 발라 접시에 놔주었다. 그는 별로 먹지 않았다. 다만 손님과 보조를 맞추느라 먹는 시늉만 했다.

이윽고 모모도 배가 불러왔다. 꼬마는 초콜릿을 마시면서 황금빛 차잔 가장자리 너머로 주인을 유심히 관찰하며, 대체 이 사람의 정체가 무엇일까 골똘히 생각해 보기 시작했다. 결코 보통 인물은 아니라는 것까지야 물론 눈치챘지만, 사실 그에 대해 알고 있는 것은 이름뿐이었다.

"무엇 때문에 거북을 시켜 저를 데려오게 하셨나요?"

모모는 차잔을 내려놓으며 물었다.

"회색 일당으로부터 너를 지켜주려고. 그 자들이 너를 찾고 있는데, 안전한 곳은 여기밖에 없거든."

호라 박사는 진지하게 대답했다.

"그 사람들이 나를 해치려고 했나요?"

모모는 깜짝 놀라 물었다.

"그런 것 같구나. 왜냐하면 그들 편에서 보면 네가 그들을 곤경에 빠뜨렸거든."

호라 박사는 한숨을 내쉬며 말했다.

"저는 그 사람들한테 아무 짓도 안 했어요."

모모가 말했다.

"아니야. 넌 그 일당 중의 한 사람으로 하여금 자기네 비밀을 모조리 털어놓게 만들었어. 그리고 그 비밀을 네 친구들에게 얘기했어. 게다가 너희들은 모든 사람들한테 회색 일당의 정체를 폭로하려 했어. 그만하면 그들 편에서 널 끔찍한 원수로 보기에 충분하지 않겠니?"

"그렇지만 우리는 도시 한가운데를 통과해서 걸어왔는데요. 거북이랑 말이에요. 그 자들이 저를 찾아다녔다면 쉽사리 잡아냈을 거예요. 우리는 굉장히 느리게 걸어왔거든요."

모모가 말했다.

호라 박사는 어느새 발치에 와 앉아 있는 거북을 무릎에 올려놓고 목덜미를 살살 간지럽혀 주었다.

"어떻게 생각하지, 카시오페이아? 그 자들이 너희를 쉽게 잡을 수 있었겠니?"

그는 미소를 머금고 말했다.

거북의 등판에 "절대로 못 찾아!"라는 글자가 나타났다.

게다가 그 글자는 아주 익살맞게 깜빡거려서 낄낄거리는 웃음소리 같은 느낌을 주었다.

"카시오페이아는 말이야, 말하자면 미래를 약간 앞질러 내다볼 줄 안단다. 아주 멀리는 못 보지만, 약 30분 정도는."

호라 박사가 설명했다.

"정확히 30분!"

이런 글자가 거북의 등에 나타났다.

"미안하다, 미안해."

호라 박사가 말을 정정했다.

"정확히 30분. 거북은 앞으로 30분 안에 무슨 일이 일어날지를 확실히 예견한단다. 그러니까, 이를테면 네가 회색 일당을 만나게 될지의 여부도 미리 알고 있는 셈이지."

"아, 그래요. 그것 참 편리하군요! 그러니까 어디어디에서는 회색 일당과 부딪히리라는 걸 미리 알고 그 길을 피해 가면 되는 거로군요?"

모모가 신기해하며 말했다.

"그렇지 않아. 유감스럽게도 그렇게 일이 간단치만은 않아. 미래에 일어날 일을 아는 것뿐, 거북 스스로 일어날 일을 바꿀 수는 없어. 거북은 실제로 일어날 사건만 아니까 말이야. 그러니까 거북이 어디어디서 회색 일당을 만나게 될 거라고 미리 알게 된다면, 결국은 그들과 만나게 되는 거야. 그 일에 대해선 거북 자신도 어쩔 수가 없지."

호라 박사가 대답했다.

"아무래도 이해할 수가 없어요. 그럼 조금 미리 안다는 것이 아무런 소용도 없잖아요."

모모는 약간 실망해서 말했다.

"아니, 그렇지도 않아. 예를 들면, 네 경우에 있어서 거북은 이러이러한 길로 가면 회색 일당을 안 만나게 되리라는 것을 미리 알고 있었거든. 그것만 해도 벌써 훨씬 쓸모가 있잖니?"

모모는 입을 다물고 있었다. 꼬마의 머리 속은 헝클어진 실타래처럼 복잡하게 뒤엉켜 있었다.

"그런데 너와 네 친구들 얘긴데, 나는 정말 너희들에게 감탄했단다. 플래카드도 표어도 아주 인상적이었어."

"그걸 읽어보셨나요?"

모모는 신이 나서 물었다.

"물론이지, 전부 읽었어. 한 자도 빠뜨리지 않고!"

호라 박사가 말했다.

"그런데 참 유감스럽게도 다른 사람들은 아무도 안 읽은 것 같아요."

호라 박사는 동정하는 듯이 고개를 끄덕였다.

"그래, 유감스럽게도 회색 일당이 그렇게 만들었어."

"그들 일을 잘 아세요?"

모모가 캐물었다.

호라 박사는 다시금 고개를 끄덕이며 한숨을 내쉬고 말했다.

"나는 회색 일당을 알고 있고, 그 편에서도 나를 알고 있지."

모모는 이 대답을 어떻게 해석해야 할지 갈피를 잡을 수 없었다.

"벌써 그 자들을 만나러 가신 일이 있나요?"

"아니, 한 번도. 나는 이 '초공간의 집'을 떠나 본 일이 없단다."

"그렇다면 그 회색 일당이……저 사람들이 가끔 찾아오나요?"

호라 박사는 얼굴 가득 미소를 머금었다.

"걱정 말아라, 꼬마 모모야. 그 자들은 결코 이 안으로 들어올 수 없단다. 설령 그 자들이 '초시간의 거리'까지는 올 수 있어도. 하지만 그들은 그 길도 몰라."

모모는 잠시 생각에 잠겼다. 호라 박사의 설명에 안심은 되었지만 정작 박사 자신이 어떤 사람인지 더 자세히 알고 싶었다.

"도대체 어떻게 그 모든 걸 알고 계시나요? 우리들의 플래카드며 회색 일당에 관한 일을요."

모모가 입을 떼었다.

"나는 그들 회색 일당을 언제나 살피고 있고, 그 일당과 연관된 모든 것은 놓치지 않고 잘 살피고 있거든. 그러다 보니 결국 너와 네 친구들도 보게 되었던 거야."

호라 박사가 설명했다.

"하지만 절대 '초공간의 집' 밖으로 나가신 적은 없다면서요?"

"굳이 나갈 필요가 없단다."

호라 박사가 말했다. 이 얘기를 하는 동안 그는 눈에 띄게 다시 젊어졌다.

"나는 여기에서 바깥 세상을 볼 수 있는 안경을 갖고 있거든."

그러면서 그는 조그만 황금 안경을 벗어 모모한테 건네 주었다.

"한번 써보겠니?"

모모는 안경을 쓰고 눈을 깜박이며 곁눈질을 하면서 말했다.

"아무것도 보이지 않는데요."

모모의 눈에 보이는 것이라곤 몽롱한 색채와 빛과 검은 소용돌이뿐이었다. 모모는 사뭇 현기증을 느꼈다.

"그래. 처음엔 그렇단다. 만물을 꿰뚫어보는 안경으로 보는 법은 그리 간단치가 않아서 말이다. 그렇지만 너도 곧 익숙해질 거야."

호라 박사의 목소리가 들렸다.

그는 일어서서 모모의 의자 뒤로 돌아가 두 손으로 꼬마의 코에 걸쳐진 안경의 테를 살짝 건드렸다. 그러자 모든 것이 이내 선명하게 보였다.

맨 먼지 모모는 야릇한 빛으로 휩싸인 문제의 시내 구역 언저리에서 세 대의 자동차에 올라타고 있는 회색 사나이들을 보았다. 그들은 막 자동차를 되돌릴 참이었다.

그리고 더 먼 곳을 내다보자 다른 일당이 도시의 거리 한복판에서 흥분해서 손짓을 하고 떠들어대면서 뭔가 소식을 서로 전하는 것 같았다.

"그 자들은 지금 너에 관해 얘기하고 있어. 그들은 네가 자기네 손아귀를 빠져나간 걸 도대체 이해할 수가 없는 거야."

호라 박사가 설명했다.

"그런데 저 사람들은 왜 저런 회색 얼굴을 하고 있나요?"

모모는 안경 속으로 바깥 세상을 바라보면서 물었다.

"그들은 죽음 가운데 살아가고 있기 때문이야. 너는 알잖니, 그들은 인간의 삶으로부터 훔쳐온 시간으로 살아간다는 사실을. 하지만 이 시간이란 것은 그 진짜 주인을 떠나면 바로 죽는 속성을 가지고 있단다. 왜냐하면 모든 인간은 각기 자신의 시간을 갖고 있단다. 따라서 시간은 진짜 주인이 가지고 있을 때만 생명을 갖게 되는 거야."

호라 박사가 대답했다.

"그럼 회색 사나이들은 인간이 아니군요?"

"그렇지. 그들은 다만 인간의 탈을 쓰고 있을 뿐이야."

"그러면 도대체 그들의 정체는 무엇인가요?"

"사실 그들은 아무것도 아니야."

"그럼 어디서 왔지요?"

"그들은 인간이 생겨날 조건을 만들어주면 생겨난단다. 그들은 그 기회를 포착해서 태어났지. 게다가 지금 인간들은 그들에게 자신들을 지배할 수 있는 여지까지 마련해 주고 있어. 그 여지만 생기면 그들은 얼마든지 인간을 지배할 수 있지."

"만약 그들이 더 이상 시간을 훔칠 수 없게 된다면요?"

"그렇게 되면 그들은 출발점이었던 무無로 되돌아가겠지."

호라 박사는 모모에게서 안경을 벗겨 호주머니에 넣었다.

"그렇지만 유감스럽게도……."

그는 한참 뒤에야 말을 이었다.

"그들은 벌써 인간 가운데 퍽 많은 협력자를 갖고 있어. 그것이 일을 어렵게 만든단다."

그러자 모모가 단호히 말했다.

"저는 제 시간을 누구에게도 빼앗기지 않겠어요!"

"나도 진정으로 그러길 바란단다. 이리 오렴, 모모야. 이제 내 수집품을 보여주마."

이때 그의 모습은 다시 노인으로 변했다.

그는 모모의 손을 잡고 커다란 홀로 데리고 나갔다. 그리고 이런저런 갖가지 시계들을 가리켜 보이거나 장난감 시계를 돌려보게 해주었으며 천체의를 설명해 주기도 했다. 이렇게 자기의 꼬마 손님이 온갖 신기한 물건을 보고 기뻐하는 모습을 보자 그는 다시 점점 젊어졌다.

"수수께끼를 좋아하니?"

그는 계속 걸어가며 갑자기 생각난 듯이 물었다.

"아, 네, 참 좋아해요! 무슨 문제를 내시려구요?"

모모가 말했다.

"그래."

호라 박사가 웃음 띄우며 모모를 바라보았다.

"그렇지만 참 어려운 거란다. 그걸 풀 수 있는 사람은 거의 없지."

"좋아요. 그러면 그것을 외어두었다가 나중에 친구들에게 풀어보라고 하겠어요."

"기대가 되는구나. 네가 문제를 풀 수 있을지 말이야."

호라 박사가 대꾸했다.

"자, 잘 들어봐. 세 형제가 한 집에 살고 있는데, 그들의 모습은 전혀 다르단다. 그러나 구별을 해서 보려고만 하면 또 모두 같아 보이는 거야. 제일 맏형은 지금은 없어, 이제 막 집으로 들어오려 하고 있어. 둘째형도 없어. 그는 벌써 집에서 나가 버린 뒤야. 다만 셋째만이 거기에 있어. 즉 셋 중 막내만이. 막내가 없으면 나머지 둘도 있을 수 없어. 하지만 셋째가 있게 된 것은 첫째가 둘째로 변신해 주기 때문이지. 네가 막내를 잘 보려고 해도 그곳에 보이는 것은 언제나 다른 형제들뿐이야. 자, 이제 문제다. 이 세 형제는 하나일까? 아니면 둘일까? 또는 결국……아무도 없는 걸까? 꼬마야, 이 형제들의 이름을 알아맞힐 수 있니? 그것을 맞힐 수만 있다면 위대한 세 지배자를 알아맞히는 셈이야. 그들은 모두 함께 하나의 왕국을 다스리고 있어. 동시에 그들 자신이 왕국이기도 해! 그런 점에서 그들은 모두 똑같아."

호라 박사는 수수께끼를 내고 모모를 지그시 바라보면서 용기를 북돋워 주려는 듯이 고개를 끄덕였다. 모모는 잘 들어두었으며 뛰어난 기억력을 가졌기 때문에 수수께끼를 천천히 한 마디 한 마디 되풀이했다.

모모는 한숨을 쉬었다.

"어휴! 정말 어려운데요. 뭔지 전혀 짐작조차 안 가요. 어떻게 실마리를 풀어야 할지 전혀 모르겠어요."

"잘 생각해 봐."

호라 박사가 말했다.

모모는 다시 한 번 수수께끼를 처음부터 끝까지 되풀이해 보았다. 그런 다음 다시 고개를 가로저었다.

"안 되겠어요."

모모는 포기하고 말았다.

그러는 동안에 거북이 뒤따라왔다. 거북은 호라 박사 옆에 앉아 모모를 주의 깊게 쳐다보고 있었다.

"자, 카시오페이아. 너는 뭐든지 30분 전에 미리 알 수 있지? 모모가 수수께끼를 풀겠니, 못 풀겠니?"

호라 박사가 말했다.

"풀겠어요! 풀겠어요!"

글자가 카시오페이아의 등판에서 반짝였다.

"이것 봐. 넌 수수께끼를 풀게 될 거야. 카시오페이아의 예언은 틀린 적이 없거든."

호라 박사가 모모를 향해 말했다.

모모는 이마를 찡그리면서 다시 온 정신을 집중해 해답을 생각하기 시작했다. 도대체 어떤 세 형제가 한집안에 살고 있을까? 사람이 아니라는 점만은 분명했다. 수수께끼에서 형제들이란 늘 사과씨라든지 이빨이라든지, 아무튼 그런 종류의 것이었다. 하지만 이 수수께끼에서의 세 형제는 서로 변할 수 있다고 한다. 서로 변신하는 것이 무엇일까? 모모는 주위를 휘둘러 보았다. 이를테면 움직이지 않는 불꽃이 타고 있는 촛불이 있지.

밀랍은 불꽃으로 변하고 불꽃은 빛으로 변한다. 그렇다. 이것이 세 형제인가? 하지만 딱 들어맞지 않는 것이 있었다. 셋이 모두 함께 거기 있지 않은가. 그것 중의 둘은 거기에 없어야만 했는데. 그렇다면 해답은 어쩌면 꽃, 열매, 씨앗 같은 것인지도 모른다. 과연 상당히 많은 점이 들어맞았다. 그 셋 중에서 씨앗은 가장 작지 않은가. 그리고 씨앗이 이곳에 있으면 꽃과 열매는 이곳에 없다. 그러나 씨앗이 없으면 두 가지 다 있을 수 없다. 아! 역시 뭔가 아닌 것 같아! 씨앗은 얼마든지 눈으로 볼 수 있는 것이다. 수수께끼에선 셋 중의 막내를 보려면 으레 다른 형제를 보게 된다고 했는데.

모모는 이런저런 생각에 혼란을 느꼈다. 어떻게 풀어 나가야 할지 도무지 실마리가 잡히지 않았다. 하지만 카시오페이아는 알아맞힐 거라고 하지 않았는가. 모모는 다시 처음부터 수수께끼의 내용을 차근차근 곱씹어 보았다.

'제일 맏형은 지금은 없어. 이제 막 집으로 들어오려 하고 있어……' 라는 대목에 이르렀을 때 모모는 거북이 자기를 향해 눈짓하는 것을 보았다. 거북의 등에 "내가 알고 있는 것이야!" 라는 글자가 나타났다가 곧 꺼졌다.

"가만 있어. 카시오페이아!"

호라 박사는 그것을 보지 않았지만 어떻게 알았는지 빙그레 웃으며 말했다.

"힌트를 주지 마! 모모는 혼자 힘으로도 풀 수 있어."

물론 모모는 거북 등의 글자를 보았으므로 그것이 무엇을 의미하는가를 곰곰 생각하기 시작했다. 카시오페이아가 아는 것이 대체 뭐람? 내가 수수께끼를 푸는 일? 그러면 앞뒤가 맞지 않는다. 거북은 앞으로 일어날 일을 무엇이든 알고 있었다. 앞으로 일어날 일을…….

"미래야!"

모모가 크게 소리쳤다.

"맏형은 지금은 없어. 이제 막 집으로 들어오려 하고 있어. 그것은 미래예요!"

호라 박사는 고개를 끄덕였다. 모모는 계속 이어 말했다.

"그리고 둘째도 지금은 없어, 벌써 나가 버렸어. 그럼 이건 과거예요!"

호라 박사는 고개를 끄덕이며 기쁨에 들떠 환한 웃음을 지었다.

모모는 생각에 잠겨 말했다.

"그렇지만 그 다음이 어려워요. 대체 셋째가 뭘까요? 셋 중의 막내라고 했어요. 사실 막내가 없으면 다른 둘도 없다고 했지요. 그리고 셋째는 거기에 있는 유일한 존재라고요."

모모는 잠시 생각하다가 크게 소리쳤다.

"그것은 지금이에요! 이 순간이에요! 과거란 지금 막 지나간 순간들이고, 미래란 이제 막 오고 있는 순간들이에요! 그러니까 만약 현재라는 게 없으면 둘 다 없을 거예요. 정말 그래요!"

모모의 뺨은 열이 나서 달아오르기 시작했다.

"하지만 다음 구절은 무슨 뜻인가요? '셋째가 있게 된 것은 첫째가 둘째로 변신해 주기 때문이지…….' 아, 그러니까 현재란 미래가 과거로 변하였기 때문에 존재한다는 뜻이군요!"

모모는 놀라워하며 호라 박사를 바라보았다.

"정말 그래요! 저는 아직 그런 생각을 해본 적이 없어요. 그렇다면 사실 현재란 있는 것이 아니고 다만 과거와 미래만이 있는 셈이군요? 사실 지금 제가, 예를 들어 이 순간 현재에 대해 얘기를 하고 있지만 그것은 벌써 어느새 과거가 되어버려요! 아, 이제 알겠어요, '네가 막내를 잘 보려고 해도 그곳에 보이는 것은 언제나 다른 형제뿐이야' 하는 말이 무슨 뜻인지를. 이젠 나머지 것도 이해하겠어요. 근본적으로 세 형제 중 하나만 존재한다고 생각할 수 있으니까요. 이를테면 현재만, 아니면 과거나 미래만, 아니면 세 사람 중 다른 두 사람이 없으면 나머지 한 사람도 없어져 버리니까 결국 아무도 없는 것과 마찬가지죠! 머리가 온통 뱅뱅 도는 것 같아요!"

"하지만 수수께끼는 그것만이 아니야. 같이 다스리고 동시에 그들 자신이기도 한 위대한 왕국이 대체 뭐겠니?"

모모는 어쩔 줄 몰라 호라 박사를 쳐다보았다. 그것이 무엇일까? 대체 과거, 현재, 미래를 합한 것이 무엇일까?

모모는 거대한 홀 안을 휘둘러 보았다. 꼬마의 시선은 수천수만 가지의 시계 위를 헤맸다. 그러더니 눈이 반짝 빛났다.

"시간이에요! 그래요, 그건 시간이에요! 시간!"

모모는 소리치며 손뼉을 쳤다. 그리고 기뻐서 깡총깡총 뛰었다.

"자, 그럼 세 형제가 살고 있는 집이 무엇인가 말해 봐!"

호라 박사가 말했다.

"그건 이 세상이에요."

모모가 대답했다.

"브라보!"

호라 박사는 손뼉을 치며 소리쳤다.

"정말 용하다, 모모! 넌 수수께끼 풀기 선수로구나! 정말 기쁘다!"

"저도 기뻐요!"

모모는 그렇게 대답하면서도 마음 속으로는 자기가 수수께끼를 푼 것에 대해 호라 박사가 왜 그토록 기뻐하는지 약간 어리둥절했다.

시계가 진열된 홀을 다시 거닐면서 호라 박사는 여러 가지 진기한 물건들을 가리켰다. 하지만 모모의 머리 속은 여전히 수수께끼로 가득 차 있었다. 드디어 모모가 물었다.

"말씀해 주세요. 도대체 시간이란 무엇인가요?"

"네가 지금……막 알아맞히지 않았니?"

호라 박사가 말했다.

"아니예요. 제가 알고 싶은 것은 시간 그 자체예요. 시간은 뭔가일 거라고 생각해요. 시간은 엄연히 존재해요. 대체 시간이란 무엇일까요?"

"네가 그것까지도 대답할 수 있다면 좋겠구나."

호라 박사가 말했다.

모모는 한참 생각에 잠겨 있다가 중얼거렸다.

"시간은 존재하고 있어요. 어쨌든 그건 확실해요. 하지만 그것을 잡아둘 수는 없어요. 또 묶어놓을 수도 없고요. 어쩌면 시간은 향기 같은 것이 아닐까요? 하지만 시간은 또한 전혀 머무르지 않고 끊임없이 지나가고 있는 것이에요. 어딘가에서 오는 것이 아닐까요? 혹 바람 같은 것이 아닐까요? …… 아니에요, 이제 알겠어요! 어쩌면 시간은 항상 들리고 있기 때문에 사람들이 귀를 기울이지 않는 음악 같은 걸 거예요. 사실 저는 벌써 여러 번 그런 음악을 들었던 것 같아요. 아주 조용한 음악이에요."

"나는 네가 안다는 걸 알고 있었단다. 사실 그래서 너를 내 집으로 부를 수 있었단다."

호라 박사가 고개를 끄덕였다.

"그렇지만 그것만은 아니에요."

모모는 계속 생각을 집중하며 말을 이었다.

"그 음악은 아득히 먼 곳에서 들려오는 것이었어요. 그런데도 제 마음 깊숙이 파고들면서 울렸어요. 아마 시간은 그런 것일 거예요."

모모는 부끄러운 듯 입을 다물었다가 자신 없는 듯 이렇게 덧붙였다.

"저……물 위의 파도가 바람으로 인해 생겨나듯이 말예요. 하지만 아무래도 제가 바보 같은 소리를 지껄인 것 같군요!"

"아니, 정말 잘 표현했다. 그러니 이제 너한테 비밀을 하나 털어놓으마. 이곳 초시간의 거리 안, 초공간의 집에서 모든 인간들의 시간이 나오는 거란다."

모모는 감탄과 놀라움이 뒤섞인 시선으로 호라 박사를 쳐다보았다. 그리고 조그만 소리로 말했다.

"아, 박사님이 직접 시간을 만드세요?"

호라 박사는 다시 미소를 머금었다.

"아니야, 꼬마야. 나는 그냥 시간을 관리하는 사람일 뿐이다. 내가 맡은 일은 한 사람 한 사람에게 정해진 시간을 나누어 주는 일이란다."

"그럼 시간도둑들이 사람들로부터 다시는 시간을 못 훔쳐가게 박사님께서 손쉽게 조정하실 수는 없나요?"

모모가 물었다.

"아니, 그건 내 능력 밖의 일이야. 인간은 자기네의 시간으로 무엇을 해야 하는가를 스스로 결정해야 하기 때문이야. 그러니 시간을 도둑맞지 않게 지키는 일도 자신이 해야 한다. 내가 할 수 있는 것은 그저 나누어 주는 것뿐이야."

호라 박사가 말했다.

모모는 홀을 둘러보고 나서 물었다.

"그래서 이렇게 많은 시계를 갖고 계시나요? 한 사람 몫으로 하나씩, 네?"

"아니야, 모모. 이 시계들은 단지 내가 취미로 모은 것뿐이야. 이 시계들은 모든 인간이 가슴속에 갖고 있는 것을 극히 불완전하지만 본떠서 만든 것이란다. 빛을 보기 위해서 눈이 있고 소리를 듣기 위해 귀가 있듯이, 인간은 시간을 느끼고 알기 위해 심장을 갖고 있는 거야. 그리고 심장으로 느껴지지 않는 모든 시간은 잃어버린 시간이란다. 장님 앞의 무지개 빛깔이나 귀머거리한테의 새의 지저귐은 그들에게는 없는 것과 마찬가지인 것처럼. 그러나 안타깝게도 세상에는 심장이 쿵쿵 뛰는데도 아무것도 느끼지 못하는 눈 멀고 귀 먹은 마음을 가진 사람이 수두룩하단다."

"그럼 제 심장의 박동이 멈춰버리면 어떻게 되지요?"

모모가 물었다.

"그럼 네 몫의 시간도 정지한단다, 꼬마야. 네 몫의 모든 밤과 낮, 달과 해의 시간을 거슬러올라가는 존재가 된다. 인생을 거꾸로 돌아가서 마지막에는 훨씬 전에 통과했던 인생의 은빛 문으로 되돌아가는 거야. 그리고 너는 다시 그 문을 나가는 거야."

"그럼 그 바깥쪽은 어딘가요?"

"네가 가끔 들었던 조용한 음악이 흘러나오고 있는 곳이란다. 거기서 너도 음악의 일부가 되어 하나의 음을 이루는 거란다."

그는 모모를 뚫어지게 바라보았다.

"아직도 잘 이해 못 하겠니?"

"아뇨, 알겠어요. 알 것 같아요."

모모가 나직이 대답했다.

모모는 온통 거꾸로 된 방향으로 지나왔던 초시간의 거리를 떠올리며 물었다.

"박사님은 죽음이신가요?"

호라 박사는 미소를 머금고 한참 침묵을 지키다가 이윽고 이렇게 대답했다.

"인간이 죽음이 무엇인가를 안다면 죽음을 두려워하지 않게 될 거다. 그리고 죽음에 대한 두려움을 갖지 않게 된다면, 아무도 인간에게서 생명의 시간을 훔치지 않을 거다."

"그렇다면 인간들에게 그 사실을 말해 주기만 하면 되겠군요."

모모가 의견을 내놓았다.

"그렇게 생각하니? 나는 인간들에게 시간을 나누어 줄 때마다 그 사실을 말해 준단다. 그렇지만 인간들은 내 얘기에 귀를 기울이지 않는 것 같아. 오히려 두려움을 안겨주는 쪽의 말을 믿으려고 하는 것 같구나. 아무튼 이건 풀 수 없는 수수께끼야."

호라 박사가 말했다.

"저는 두렵지 않아요."

모모가 말했다.

호라 박사는 천천히 고개를 끄덕였다. 그리고 모모를 한참 바라보더니 물었다.

"시간이 나오는 근원이 궁금하니?"

"예."

모모는 소곤거리듯 대답했다.

"내가 데려다 주마. 그렇지만 그곳에서는 절대 말을 하면 안 돼. 아무것도 물어서도 안 되고 말해서도 안 돼. 약속할 수 있겠니?"

모모는 고개를 끄덕였다.

그러자 호라 박사는 몸을 굽혀 모모를 덥석 안아올려 팔로

꽉 껴안았다. 박사는 갑자기 엄청나게 크고, 불가사의하게 나이가 많아 보였다. 그러나 그것은 단순한 노인의 모습이라기보다는 태곳적 고목이나 바위 같은 모습이었다. 이어서 그는 모모의 눈을 손으로 가렸다. 모모는 얼굴에 가볍고 차가운 눈발이 떨어지는 느낌을 받았다.

호라 박사에게 안긴 채 모모는 길고 어두운 복도를 지나간 것 같았다. 그것은 조금도 불안하지 않고 너무나 아늑한 느낌이었다. 모모는 처음에는 자기의 심장의 고동소리가 들리는 것처럼 생각되었다. 그런데 그것이 점차 호라 박사의 발소리인 것처럼 느껴졌다.

아주 긴 길이었다. 이윽고 그는 모모를 내려놓았다. 그는 모모의 눈앞에 얼굴을 바짝 대고는 눈을 둥그렇게 뜨고 바라보며 둘쨋손가락을 입에 대었다. 그리고 일어서더니 뒤로 물러섰다.

황금빛 희미한 빛이 모모를 에워싸고 있었다.

한참 지나서야 모모는 자기가 지금 거대한 원형지붕 밑에, 그야말로 온 하늘만큼이나 커 보이는 지붕 밑에 서 있는 것을 깨달았다. 더구나 그 지붕은 멋진 순금으로 되어 있었다.

천장의 가장 높은 한가운데는 둥그런 구멍이 뚫려 있었고, 그 구멍을 통하여 검은 거울처럼 잔잔하고 매끈하며 둥그런 호수 위로 빛의 기둥이 수직으로 쏟아져 내리고 있었다.

호수 바로 위, 빛의 기둥 안쪽에서 무엇인가 밝은 별 같은 것이 반짝반짝 빛났다. 그것은 장엄하게 서서히 움직이고 있었는데, 모모는 그것이 검은 수면 위를 왔다갔다하는 엄청나게 큰 추라는 것을 알아보았다. 하지만 그것은 어디에 걸려 있는 것이 아니라 그냥 공중에 떠 있어서 중력에 영향을 안 받는 것처럼 보였다.

이 별의 추가 서서히 호수 가장자리로 가까이 가자, 그곳 깜깜한 물속에서부터 한 송이 거대한 꽃봉오리가 불쑥 솟아올랐다. 그리고 추가 가까워질수록 꽃봉오리는 점점 벌어져서 마침내는 활짝 핀 모습으로 수면 위에 떠올랐다.

모모는 일찍이 이토록 찬란하게 빛나는 꽃을 본 적이 없었다. 그것은 온통 빛의 덩어리로 이루어져 있었다. 모모는 도대체 그런 색깔이 있으리라고는 아직 상상해 본 적이 없었다. 별의 추는 한순간 꽃 위에 머물러 있었다. 모모는 이 광경에 완전히 홀려서 주변의 모든 것을 잊어버렸다. 다만 그 꽃의 향기만은, 그것이 무엇인지 모르면서도 모모가 늘 동경해 왔던 그 향기처럼 느껴졌다.

하지만 곧 추는 천천히 흔들리며 되돌아갔다. 이렇게 추가 서서히 멀어져 가는 동안 그 찬란한 꽃은 시들기 시작했다. 그 모습을 본 모모는 소스라치게 놀랐다. 꽃잎이 하나씩 떨어지더니 어두운 호수 밑으로 가라앉아 버리는 게 아닌가. 다시는 돌아올 수 없는 그 무엇이 영원히 떠나 버린 듯, 모모는 크나큰 슬픔을 느꼈다.

추가 검은 호수의 수면 한가운데 이르렀을 때, 찬란한 꽃은 완전히 져버렸다. 하지만 그와 동시에 어두운 물속에서 건너편 수면 위로 또 하나의 꽃봉오리가 솟아올랐다. 그리고 추가 천천히 이 봉오리에 접근해 가자 한층 더 찬란한 꽃이 활짝 터지기 시작하는 것이 아닌가. 모모는 그것을 보고는 더 가까이서 관찰하려고 호수를 빙 돌아갔다.

이번 꽃은 앞서 핀 꽃과는 완전히 다른 것이었다. 이 꽃의 빛깔 역시 모모가 생전 처음 보는 것이었다. 하지만 이번 것이 더욱 풍요하고 진기해 보였다. 향기도 전혀 달랐다. 훨씬 황홀했다. 보면 볼수록 더욱 신비스럽게 세세한 부분까지 모모의 눈에 띄었다.

하지만 별의 추는 다시 방향을 돌렸고, 찬란한 꽃은 시들어 한 잎 한 잎 바닥을 알 수 없는 검은 호수의 밑바닥으로 가라앉아 버렸다.

추는 천천히 반대 방향으로 되돌아갔다. 하지만 이번에는 먼젓번보다 약간 더 멀리까지 움직여 갔다. 그리고 앞서보다 한 발짝 옆에서 또다시 꽃봉오리가 솟아오르더니 서서히 피기 시작했다.

이번 꽃은 모모가 본 것 중에서 가장 아름다운 꽃이있다. 꽃 중의 꽃이요, 두 번 다시 필 수 없는 기적의 꽃이었다.

이 완전한 꽃 역시 시들기 시작하여 어두운 호수 밑으로 가라앉는 것을 보자, 모모는 엉엉 소리 내어 울고 싶어졌다. 하지만 호라 박사와 한 약속을 생각하여 간신히 울음을 참았다.

추는 다시 반대편으로 한 걸음 더 멀리까지 흔들려 갔고, 새로운 꽃이 어두운 물속에서 솟아올랐다.

시간이 갈수록 모모는 새로 피어나는 꽃들이 앞서 핀 꽃들과

는 전혀 다르다는 것과 지금 막 핀 꽃이 가장 아름답게 보인다는 것을 깨달았다.

끊임없이 호수 주변을 돌면서 모모는 꽃이 차례로 솟아올라 피었다가 사라져 가는 광경을 바라보았다. 이 광경을 바라보는 일은 조금도 지루할 것 같지 않았다.

하지만 시간이 갈수록 모모는 차츰 여기서는 자기가 지금껏 깨닫지 못한 일이, 전혀 다른 일이 끊임없이 벌어지고 있다는 것을 깨닫게 되었다.

천장의 한가운데서 쏟아져 내리는 빛의 기둥은 빛으로만 보이는 것이 아니었다. 모모는 이제 그것의 소리를 듣기 시작한 것이었다.

처음에 그것은 아득한 나뭇가지에서 들려오는 바람의 살랑거리는 소리 같았다. 그러나 그 살랑거림은 점점 웅장해져서 폭포소리처럼, 아니면 바닷가 바위에 부딪치는 파도의 울부짖음처럼 들리는 것이었다.

귀를 기울이고 있는 동안에 모모는 이 웅장한 울림이 끊임없이 서로 조화되고 변하면서 새로운 화음을 이루는, 헤아릴 수 없이 많은 울림으로 구성되어 있다는 것을 점점 또렷하게 깨달았다. 그것은 음악이면서 동시에 전혀 다른 울림과 조화를 이루고 소리를 바꾸어서 끊임없이 새로운 하모니를 만들어냈다. 그것은 음악 같으면서도 전혀 다른 것이었다. 그것은 전에 별이 반짝이는 하늘 밑에서 고요함에 귀를 기울일 때면 종종 들었던, 아득히 먼 곳에서 나직하게 울려오는 것 같던 바로 그 음악이었던 것이다.

그런데 이 울림은 더 명확하고 맑아져 갔다. 모모는 이 울리는 빛이야말로 하나하나의 꽃을 여러 꽃들과는 구별되는 모습으로, 두 번 다시 있을 수 없는 유일한 모습으로 어두운 호수에서 솟아오르게 하여 피워내는 근원이라는 것을 깨달았다.

오랫동안 귀를 기울이고 들을수록 모모는 그 하나하나의 소리들을 분명히 구별해 들을 수 있었다. 하지만 그것은 인간의 소리가 아니라, 금과 은 그리고 온갖 금속들이 이루어내는 울림이었다. 그와 동시에 그 화음의 뒤로는 전혀 다른 종류의 소리들, 상상할 수 없을 만큼 깊은 안쪽으로부터 나오는, 표현할 수 없는 힘으로부터 소리들이 울려 나왔다. 이 음악은 점점 더 분명해져서 모모는 이제 점차 그 말을 알아들을 수가 있었다. 그것은 태양과 달, 유성 그리고 모든 별들이 그들의 고유하고 정해진 이름을 드러내는 언어였다. 그런데 이 이름이야말로, 이 별들이 무엇을 하며 시간의 꽃을 하나 피우고 다시 지게 하기 위해 다같이 어울려 어떠한 일을 하는가를 알 수 있는 열쇠였다.

그때 갑자기 모모는 이 모든 언어가 자기를 향하고 있다는 사실을 깨달았다! 아득한 별들에 이르기까지의 온 세계가, 상상할 수 없이 엄청나게 커다란 단 하나의 얼굴이 되어 자기를 향하여 말을 걸어오고 있는 것이다!

그러자 두려움보다도 더 큰 그 무엇이 모모를 압도했다.

그 순간, 모모는 말없이 손짓하는 호라 박사를 보았다. 그리고 부리나케 그에게 달려갔다. 그리고 그의 팔에 안긴 채 가슴에 얼굴을 묻었다. 다시 그의 손이 눈송이처럼 모모의 눈을 가렸다. 어둠과 고요가 내리깔렸다. 불안은 사라졌다. 호라 박사는 모모를 안고 다시 긴 복도를 되돌아 걸었다.

시계로 가득 찬 작은 방에 돌아오자 그는 모모를 아담한 소파 위에 뉘었다.

모모는 속삭이듯 말했다.

"호라 박사님, 저는 정말 전혀 몰랐어요. 모든 인간의 시간이 그토록……."

모모는 적당한 말을 찾았지만 얼른 떠오르지 않았다.

"위대하다는 사실을."

"모모야, 네가 지금 보고 들은 것이 모든 인간의 시간은 아니란다. 그것은 다만 너의 시간이었어. 모든 인간 속에는 아까 네가 가 있던 그런 장소가 있단다. 그렇지만 내 팔에 안겨 간 사람만이 그 장소에 갈 수 있지. 게다가 보통 눈으로는 그곳을 볼 수도 없단다."

호라 박사가 말했다.

"저는 대체 어디에 갔었나요?"

"너의 마음 속에."

호라 박사는 이렇게 대답하며 모모의 헝클어진 머리를 다정하게 어루만졌다.

"호라 박사님, 제 친구들을 이곳에 데려올 순 없을까요?"

모모가 다시 속삭이듯 물었다.

"안 돼. 아직 그럴 수가 없어."

박사가 대답했다.

"그럼 저는 여기에 얼마나 더 있을 수 있나요?"

"네가 친구들에게 돌아가고 싶을 때까지, 꼬마야."

"그럼 아까 그 별들이 제게 들려준 얘기를 친구들한테 해주어도 괜찮을까요?"

"그건 괜찮아. 하지만 넌 그 얘길 할 수 없을 거야."

"왜요?"

"그럴려면 그 얘기에 필요한 언어가 우선 네 안에서 자라나야 할 테니까."

"그래도 저는 친구들에게 들려주고 싶은걸요. 모두에게! 친구들에게 그 소리들을 노래로 불러 줄 수 있다면 얼마나 좋을까요. 그러면 모든 일이 다시 잘될 텐데요."

"정말 그러기를 바란다면, 모모, 넌 기다릴 수 있어야 해."

"그건 저한텐 무척 쉬운 일이에요."

"이것 봐, 지구가 태양을 한 바퀴 도는 동안 기다리는 거야, 꼬마야. 싹이 돋아나기까지 땅속에 묻혀 잠자는 씨앗처럼 말이야. 네 안에서 말이 자라게 되기까지는 그만큼 오래 걸린단다. 그렇게 기다릴 수 있겠니?"

"예."

모모는 속삭이듯이 대답했다.

"그럼 자거라."

호라 박사는 모모의 눈등을 가볍게 쓰다듬으며 말했다.

"잘 자거라."

모모는 행복하게 고른 숨을 쉬며 곧 잠이 들었다.

시간의 꽃 *3*

그곳의 하루, 이곳의 한해

　모모는 잠에서 깨어나 눈을 떴다. 모모는 자신이 어디에 있는지를 몰라 잠시 생각에 잠겼다. 어찌하여 또다시 원형극장 옛터의 잔디 덮인 돌계단 위에 와 있는지 그 이유를 알 수가 없었다. 조금 전까지만 해도 '초공간의 집' 호라 박사의 집에 있지 않았던가? 그런데 어떻게, 어느새 이곳으로 다시 돌아와 있단 말인가?

　주위는 어둡고 싸늘했다. 동쪽 지평선 근처가 겨우 어슴푸레 밝아지기 시작하고 있었다. 모모는 추위에 몸을 으스스 떨면서 헐렁한 저고리를 자꾸 여미었다.

　모모는 이제까지 일어났던 일들을 빠짐없이 또렷하게 기억하고 있었다. 거북을 따라 한밤중에 대도시를 가로질러 걸어갔던 일이며, 신비스러운 빛을 받아 눈부시게 빛나던 하얀 집들이 늘어선 지역이며, '초시간의 거리'며, 헤아릴 수 없이 많은 시계가 있던 홀이며, 꿀을 바른 빵과 초콜릿이며, 호라 박사와 주고받던 얘기의 한 마디 한 마디와 수수께끼까지 모두 기억하고 있었다. 하지만 그중에서도 가장 또렷하게 기억에 남아 있는 것은, 황금의 둥근 천장 아래에서 보고 듣고 한 것이었다. 지금도 두 눈을 감기만 하면, 이제까지 한 번도 본 적이 없는 아름답고 화려한 꽃들이 눈앞에 선하게 떠올랐다. 그리고 태양과 달과 별들의 소리가 지금도 귀에 울리고, 그 멜로디를 따라 부를 수 있을 정도로 생생했다.

모모는 그 노래를 따라 불러보았다. 그랬더니 어찌 된 일인지 말들이 저절로 그녀의 입을 통해서 튀어나왔다. 그것은 이제까지 본 적도 없는 그 꽃들의 향기와 색채를 그대로 표현해 주는 언어들이었다! 모모의 기억 속의 저 소리들이 바로 그 말을 하게 해주는 것이었다. 더욱이 그 기억 자체가 놀라운 기적을 일으켜 말이 된 것이다! 모모는 그 기억 속에서 자신이 보고 듣고 한 것만을 눈앞에 본 것이 아니라 더 많은 것을 잇달아 찾아내게 된 것이다.

마르지 않는 요술의 샘처럼 거기에는 수천 가지의 '시간의 꽃'이 피어올랐다. 게다가 그 꽃 하나하나가 새로운 말이 되어 울려 퍼지는 것이었다. 모모는 그저 자기 마음에 가만히 귀를 기울이기만 하면 그 말을 소리 내서 할 수 있었고 노래까지 할 수도 있었다. 그 말은 신비롭고 불가사의한 일들을 말해 주고 있었으나, 그 말을 하다 보면 모모는 그 뜻도 이해할 수 있었다.

어쩌면 호라 박사가 말한, 우선 언어가 모모 자신 안에서 자라야 한다고 한 것이 바로 이것이었나 보다!

그러나 혹시 그 모든 것이 꿈이 아니었을까? 정말 그 모든 것이 실제로 일어난 것이란 말인가?

모모는 그렇게 생각에 잠겨 있다가, 문득 저 아래쪽 둥근 광장 한복판에서 무엇인가 움직이는 것을 발견했다. 그것은 바로 거북이었다. 거북은 뜯어먹을 만한 풀을 한가로이 찾고 있었다.

모모는 급히 돌계단을 뛰어내려가 거북 곁에 웅크리고 앉았다. 거북은 잠깐 머리를 들고는 아득한 옛날의 빛을 담은 듯한 검은 눈으로 모모를 바라보더니 다시 유유히 풀을 뜯어먹기 시작했다.

"안녕, 거북아."

모모가 말했다.

그러나 거북의 등에는 아무런 대답도 나타나지 않았다.

"어젯밤 나를 호라 박사님께 데리고 간 것이 너였니?"

여전히 대답이 없었다. 모모는 실망하여 한숨을 내쉬었다.

"참 섭섭하구나. 그러니까 너는 보통 거북이구나, 그 거북……아, 뭐더라. 이름은 잊어버렸지만, 그 거북은 아니구나. 아주 예쁜 이름이었는데, 길고 야릇한 이름이었어. 그런 이름은 처음 들어보았거든."

모모가 중얼거렸다.

"카시오페이아!"

갑자기 거북의 등에 희미하게 빛나는 문자가 나타났다. 모모는 기뻐서 어쩔 줄 모르며 그 글자 한 자 한 자를 읽어갔다.

"그래! 바로 그 이름이야! 그럼 네가 그 거북이니? 너는 호라 박사의 거북이지?"

그녀는 소리치며 손뼉을 쳤다.

"물론!"

"그럼 왜 처음에는 대답을 안 했니?"

"아침 식사중!"

"어머나, 미안해! 식사를 방해할 생각은 없었어. 다만 왜 내가 갑자기 여기 와 있는지 알고 싶었을 뿐이야."

"네가 원했기 때문이지!"

"그래? 이상도 하지. 그런 기억은 전혀 없는데. 그럼 카시오페이아, 너는 왜 호라 박사님께 있지 않고 날 따라왔니?"

모모는 중얼거렸다.

"내가 원했기 때문이지!"

거북의 등에 문자가 나타났다.

"고마워, 넌 정말 친절하구나."

"천만에!"

거북은 우선 이 정도로 말을 끝낼 생각이었는지 중단된 아침 식사를 계속하러 어슬렁어슬렁 기어갔다.

모모는 돌계단 위에 앉아 베포와 지지 그리고 아이들을 만날 기쁨에 들떠 있었다. 그리고 자기 마음 속에서 끊임없이 울리고 있는 음악에 다시 귀를 기울였다. 이곳에는 자기 혼자여서 자기의 노래를 들어주는 사람은 아무도 없었으나, 모모는 지금 막 떠오르고 있는 해님을 향하여 점점 더 큰 소리로 정성껏 멜로디와 가사를 따라 노래를 불렀다. 그러는 중에 모모는 새와 귀뚜라미, 나무들 그리고 옛 돌멩이까지도 이제는 자기의 노래에 귀를 기울여 주는 것 같은 느낌이 들었다.

앞으로 오랫동안, 이것들 이외에는 모모의 소리에 귀를 기울여 줄 것이 없으리라는 사실을 그녀는 알지 못했다. 아무리 기다려도 친구들이 와주지 않는다는 것도, 자기가 오랫동안 집을 비워서 그동안에 세계가 변해 버렸다는 사실도 전혀 몰랐던 것이다.

관광안내원 지지를 구슬리는 일은 회색 사나이들에게는 비교적 간단한 일이었다.

시작은 이러했다. 1년쯤 전에 모모가 갑자기 흔적도 없이 자취를 감춘 뒤, 신문에는 지지에 대한 긴 기사가 실렸다. '진짜 이야기를 할 마지막 이야기꾼'이라는 표제였다. 뿐만 아니라 언제 어디로 가면 그를 만날 수 있다는 것과 함께, 이처럼 재미있는 것을 놓쳐서는 안 된다고까지 친절하게 안내하고 있었다.

그 후부터는 지지를 만나서 이야기를 듣고자 하는 사람이 끊임없이 원형극장 옛 터로 몰려오게 되었다. 물론 지지는 기뻐하지 않을 이유가 없었다. 그는 언제나처럼 머리에 떠오르는 대로 이야기를 하고 나서 모자를 들고 한 바퀴 돌았다. 그러면 그때마다 모자는 동전과 지폐로 하나 가득 채워지곤 했다. 곧 그는 어느 여행사에 취직이 되었다. 그 회사는 지지를 관광 홍보용으로 이용하는 대신 그 이익에 대한 권리금으로서 상당한 금액을 지지에게 지불했다. 관광객들은 버스로 줄을 지어 오게 되었고, 얼마 안 있어 지지는 정해진 시간표에 따라 관광 안내를 해야 했다. 이렇게 해야만 돈을 지불한 사람들이 빠짐없이 지지의 이야기를 들을 수 있었기 때문이다.

이렇게 되자 지지는 모모가 없는 것이 무척 아쉬워졌다. 모모가 없으면 공상의 날개가 시들어 버리기 때문이었다. 그래도 지지는 어떻게든, 가령 두 배의 돈이 쌓이게 되어도 같은 이야기는 되풀이하지 않겠다고 버티고 있었다.

몇 달이 지나지 않아 지지는 원형극장 옛 터에 서서 손수 모자를 들고 돌아다니지 않아도 되었다. 조금 지나서는 라디오 방송과 텔레비전 방송에까지 출연하게 되었기 때문이다. 이제는 일주일에 3회에 걸쳐 수백만의 시청자와 청취자에게 이야기를 해주고 그 대가로 엄청난 돈을 벌어들였다.

그동안 그는 이미 원형극장 옛 터의 이웃을 떠나 전혀 다른 주택지로 옮겨 살고 있었다. 부자들과 유명인사들만이 살고 있는 지역이었다. 그는 잘 손질된 정원으로 둘리씨인 현대식 큰 저택에 세들어 있었다. 이름도 지지 따위는 내버리고 지롤라모라는 원래 이름을 썼다.

물론 이전처럼 끊임없이 새 이야기를 생각해 내는 따위는 이미 포기한 지 오래였다. 그럴 시간이 전혀 나지 않았던 것이다. 그래서 구상한 이야기를 잘 둘러대어 경제적으로 쓰기로 했다. 단 한 가지를 구상해서 다섯 가지의 이야기를 만들어내는 것도 예사였다.

하지만 점점 늘어나는 요청을 따라가지 못하는 사태가 벌어지자, 어느 날 그는 용서받지 못할 일을 저지르고 말았다. 모모만을 위해서 만들었던 이야기 중의 하나를 해버렸던 것이다.

하지만 이 이야기 역시 사람들은 잘 음미해 보지도 않고 그대로 받아들였고, 또한 곧 잊어버렸다. 그리고 계속 이야기를 요구했다.

지지는 이제 완전히 눈이 어지럽게 돌아가는 속도에 휘말려, 멈추어 서서 생각할 틈도 없이 오로지 모모만을 위해서 간직해 두었던 이야기를 차례차례로 털어놓았다. 그리고 마지막 이야기를 해버렸을 때, 그는 갑자기 자기 속이 텅 비어 이제는 무엇 하나 이야기를 생각해 낼 수 없을 것 같은 느낌에 휩싸였다.

그러나 지금까지 이루어놓은 성공이 그를 떠나리라는 불안 때문에 견딜 수 없게 되자, 이번에는 이때까지의 이야기를 전부 다시 한 번 되풀이하기로 했다. 다만 새로운 제목을 붙이고 내용을 조금 바꾸어서 말이다. 그런데도 놀라운 것은, 이를 알아챈 사람이 단 한 사람도 없다는 사실이있다. 하여간 이것으로 요청이 줄어드는 일은 일어나지 않았다.

물에 빠진 사람이 지푸라기라도 붙잡듯이, 지지는 이러한 방법으로 필사적으로 매달렸다. 어쨌든 그는 지금 부자이며 유명인사가 되어 있었기 때문이다. 그리고 이것이야말로 그가 언제나 꿈꾸어 왔던 일이 아니던가?

하지만 가끔 밤에 비단 이불을 덮고 잠자리에 누워 있을 때면 옛날의 생활이 몹시 그리워졌다. 모모와 베포 아저씨 그리고 아이들과 어울릴 수 있었고 자기가 진짜 멋진 이야기를 할 수 있었던 그 시절이 말이다.

하지만 그 시절로 돌아갈 수는 없었다. 모모는 그때 이후로 영영 사라져 행방을 알 수 없었기 때문이다. 처음에 지지는 모모를 찾으려고 무진 애를 썼지만 그러는 동안에 점차 그럴 시간이 없어져 버렸다. 지금 그는 세 사람의 유능한 여비서를 거느리고 있다. 그들은 그를 대신하여 계약을 체결하거나 그의 이야기를 받아쓰고 홍보를 하고 시간표를 조정했다. 하지만 모모를 찾으러 나갈 시간을 얻으려 해도 시간표가 꽉 짜여 도무지 시간을 낼 수가 없었다.

오늘날의 지지에게는 옛날의 지지를 상기시켜 주는 것이 조금밖에 남아 있지 않았다. 그러나 그는 어느 날 이 희미하게 남아 있는 지지다움을 끌어 모아서 반성하고 다시 일어서려고 결심했다. '어쨌든 나는 이제 상당히 유명한 인물이다'고 그는 자신에게 타일렀다. '내 이야기에는 힘이 있다. 내 이야기에는 수백만의 사람이 귀를 기울인다. 만약 내가 진실을 말하지 않는다면 그 누가 그것을 말할 수 있단 말인가! 그렇다. 내가 모두에게 회색 사나이들의 얘기를 해야 한다! 그리고 이것은 결코 꾸며낸 이야기가 아니라는 것을 밝히고, 시청자들에게도 모모를 찾는 것을 도와달라고 부탁해야 한다.'

이러한 결심을 한 것도 옛 친구들이 못 견디게 그리워지는 어느 날 밤의 일이었다. 그래서 그는 동이 트자마자 커다란 책상 앞에 앉아 이 계획을 실행하기 위한 계획서를 쓰기 시작했다. 그런데 첫 글자도 써내려 가기 전에 전화 벨이 울렸다. 수화기를 들고 귀를 기울이던 그의 얼굴은 곧 공포로 굳어졌다.

기분 나쁘게 억양이 없는, 이를테면 잿빛 음성이 말을 건네왔다. 그 소리를 듣자마자 그는 뼛속에서부터 배어 나오는 듯한 오한을 느꼈다.

"그만둬! 널 위해 하는 충고다."

그 소리가 말했다.

"도대체 누구요?"

지지가 물었다.

"잘 알고 있을 텐데. 일부러 우리의 이름을 댈 필요는 없을 줄 안다. 이제까지 네가 직접 우리들과 얘기를 나눈 적은 없지만, 너는 벌써 오래 전부터 완전히 우리와 한패가 되어 있지. 그 사실을 몰랐다고 말할 셈인가?"

"나더러 어떡하라는 거요?"

"네가 지금 계획한 일이 우리 마음에 안 든다. 얌전히 그냥 덮어두라고!"

지지는 용기를 다해 분연히 일어섰다.

"싫어. 그만두지 않겠다. 나는 이제 그 옛날의 이름 없는 관광안내원 지지가 아니란 말이다. 나는 이제 유명인사가 되었다. 너희들이 나랑 맞서 겨룰 수 있는지 한번 붙어볼까?"

전화의 음성은 밋밋하고 억양 없이 웃었다. 그러자 지지는 갑자기 이빨이 딱딱 마주치기 시작했다.

"너는 별것 아니야. 너를 만들어낸 것은 우리들이야. 너는 고무 인형에 지나지 않아. 우리가 널 부풀어오르도록 공기를 불어넣었지. 그렇지만 네가 우리의 비위를 건드리면 다시 네게서 공기를 빼버릴 거야. 네가 지금처럼 된 것을 너의 그 시시한 재간 덕분이라고 생각하고 있나?"

잿빛 음성이 말했다.

"그래, 나는 그렇게 믿고 있다."

지지는 목쉰 소리로 대답했다.

"불쌍한 지지, 넌 예나 다름없는 몽상가로구나. 옛날의 너는 가난한 지지의 모습이었지만 진짜는 왕자 지롤라모라고 상상하고 있었지. 그런데 지금은 어떠냐? 왕자 지롤라모로 분장한 가난뱅이 지지란 말이야. 그래도 너는 우리한테 감사해야 해. 너의 모든 꿈을 이루어 준 것은 바로 우리들이니까."

"그럴 리가 없어! 그건 거짓말이야!"

지지가 더듬거리며 말했다.

"이런!"

전화의 소리는 이렇게 내답하고는 다시 밋밋한 소리로 웃었다.

"꼭 진실을 말하여 우리와 맞설 셈이냐? 진실과 거짓에 대해서 넌 그 옛날 언제나 여러 가지 그럴싸한 궤변을 늘어놓았지. 안 돼, 지지. 진실을 끌어들이려고 들면 네 신상에 좋지 않아. 우리의 도움으로 넌 허풍선이가 되어 유명해진 거야. 넌 진실을 말할 만한 위인도 못 돼. 그러니 그만둬!"

"너희들, 모모를 어떻게 했지?"

"그런 일에 네 복잡한 머리를 쓰다니, 그만둬! 너 같은 자는 이제 그 애를 구할 수 없어. 우리들의 얘기를 폭로해도 전혀 도움이 안 돼. 그런 일을 한다면, 너의 빛나는 성공은 갑작스레 찾아왔던 것만큼 빠른 속도로 도망가 버리고 말 거야. 물론 어떻게 할 것인가를 결정하는 것은 네 자신이다. 네가 꼭 그렇게 하겠다면, 우쭐하는 영웅심으로 인하여 네 신세를 망친다 해도 우리는 상관하지 않겠다. 그렇지만 그렇게 배은망덕한 놈에게 우리가 앞으로도 계속 도움의 손길을 뻗쳐주리라고 기대해선 곤란하지. 어떤가? 아무튼 부귀와 명성을 누리는 편이 훨씬 좋잖아?"

"그렇긴 하지만……."

지지는 괴로운 듯이 목소리를 짜내며 대답했다.

"그렇지! 그럼 우리들 일을 입밖에 내지 마! 사람들한테는 이전처럼 즐거워할 얘기를 들려주면 되는 거야!"

"내가 모든 일을 알아버린 이상 그 일을 어떻게 계속해 나갈 수 있지?"

시시는 필사적으로 항의하였다.

"좋은 걸 하나 가르쳐 주지. 그다지 심각하게 생각하진 마. '나하고는 아무런 관계도 없어' 하고 생각하면 지금까지처럼 앞으로도 잘해 나갈 수 있어!"

"알았어, 그렇게 마음을 돌린다면……."

지지는 멍하니 앞을 바라보면서 중얼거렸다.

'찰칵' 하고 전화가 끊어지는 소리가 들려왔다. 지지는 수화기를 내려놓자 커다란 책상에 엎드려 두 팔에 얼굴을 묻었다.

소리를 죽인 흐느낌에 그의 온몸이 떨렸다.

이날부터 지지는 자신에 대한 자긍심을 완전히 잃어버렸다. 모모를 찾는 계획은 단념하고 지금까지대로의 생활은 계속했지만, 언제까지나 자신은 사기꾼이라는 생각이 들었다. 분명히 그는 사기꾼이었다. 이제까지의 그는 상상력이 안내하는 대로 천진난만하게 공상의 세계를 훨훨 날아다녔다. 그러나 지금은 거짓이라는 걸 알면서도 거짓말을 하고 있는 것이다!

지금의 그는 청중의 어릿광대가 되고 꼭두각시가 되어 있었던 것이다. 그리고 그것을 자기 자신도 잘 알고 있었다. 그는 자신이 미워지기 시작했다. 그렇게 되자 그의 이야기는 더욱더 철면피한 거짓이 되고 또 어느 것은 더욱더 감상적으로 되어갔다. 그런데 그것 때문에 그의 성공이 사라지지는 않았다. 그 반대로 사람들은 이것이야말로 새로운 스타일이라고 칭찬하며 그 흉내를 내는 사람이 많아졌다. 그러한 스타일은 크게 유행되었다. 하지만 지지 자신은 조금도 기쁘지 않았다. 이제는 누구 덕분에 자신이 이러한 성공을 거두게 되었는지 알았기 때문이다. 자신의 힘으로 손에 넣은 것은 하나도 없었다. 자기 것은 모두 다 잃어버린 것이다.

하지만 그는 여전히 초를 다투어 시간표에 따라 자동차로 달리고 가장 빠른 비행기로 날아다녔으며, 걸을 때나 서 있을 때나 이전에 했던 얘기에 새옷을 입혀 끊임없이 구술을 통해 여비서에게 받아쓰게 하였다. 신문이란 신문이 빠짐없이 보도했듯이, 그는 '놀랍게도 창작력이 풍부' 했다.

이리하여 그 옛날 꿈에 부풀었던 몽상가 지지는 거짓말쟁이 지롤라모로 변신한 것이다.

회색 사나이들은 도로청소부 베포 노인을 손아귀에 넣는 일이 훨씬 힘들었다.

모모가 사라져 버린 그날 밤 이후로, 베포는 일할 때 이외에는 언제나 원형극장 옛 터에 앉아 모모를 기다렸다. 걱정과 불안은 날이 갈수록 더해 갔다. 드디어 더 이상 참을 수가 없게 된 그는, 지지가 여러 가지 그럴싸한 이유로 반대하는데도 역시 경찰에 신고해야 한다고 결심했다.

"창살 있는 곳에 내던져진다 해도 회색 사나이들에게 잡혀간 것보다는 낫지 않느냐."

그는 혼잣말을 했다.

"아무튼 모모가 살아 있기만 한다면, 그런 곳에서 이미 한 번 도망쳐 나온 적이 있으니 또 그럴 수 있겠지. 아니, 그보다 들어가지 않아도 되도록 내가 어떻게 해줄 수 있을지도 몰라. 히지만 우선 제일 먼저 할 일은 그 아이를 찾아내는 거야."

그리하여 베포는 가장 가까이 있는 변두리 파출소로 찾아갔다. 잠시 그는 문앞에서 머뭇거리며 손에 쥔 모자를 만지작거리다가 겨우 마음을 진정하고 안으로 들어갔다.

"무슨 일이오?"

그때 길고 까다로운 서류에 무엇인가를 적고 있던 경찰관이 물었다.

베포는 잠시 서 있다가 겨우 입을 열었다.

"어떤 무서운 일이 벌어졌음에 틀림없어요……."

"그래요?"

경찰관은 여전히 쓰기를 계속하면서 물었다.

"그런데, 무슨 일이오?"

"우리들의 모모에 관한 일입니다."

"어린애요?"

"예, 조그만 소녀입니다."

"당신 아인가요?"

"아니오. 저, 즉 그렇지만, 나는 아버지는 아닙니다."

베포는 당황해하며 말했다.

"저, 즉 그렇지만? 도대체 누구의 아이요? 부모는?"

경찰관은 짜증스럽게 말했다.

"그걸 아무도 모릅니다."

"그 아이의 호적 신고는 어디로 되어 있나요?"

"호직 신고라뇨? 아, 저, 그것이라면 우리들한테 되어 있습지요. 우리는 모두 그 애가 어디 사는지 알고 있습니다."

"그렇다면 신고가 안 되어 있단 말이군요. 그것은 법으로 금지되어 있다는 걸 모르시오? 그렇다면 신원을 조사할 방법이 없잖소! 그 아이는 누구와 살고 있소?"

경찰관은 한숨을 쉬면서 잘라 말했다.

"혼자 삽니다. 즉 그 원형극장 옛 터에. 하지만 지금은 거기에 없어요. 없어졌습니다."

"잠깐."

경찰관이 말을 막았다.

"그러니까 내가 잘 알아들었다면 이렇군요. 지금까지 교외의 폐허에서 떠돌이 여자아이가 살고 있었지요. 그 이름이 뭐라고 했소……."

"모모입니다."

경찰관은 그것을 기록하기 시작했다.

"이름은 모모. 그리고 또 뭐지요? 성 말이오!"

"모모뿐입니다. 그게 답니다."

경찰관은 턱밑을 손가락으로 긁으면서 베포를 딱하다는 듯이 바라보았다.

"이걸 가지고는 안 됩니다. 도와드리고 싶소만 이걸로는 미아 신고 서류도 만들 수 없어요. 그럼 영감님 성함은?"

"베포올시다."

"그것뿐인가요?"

"도로청소부 베포입니다."

"난 지금 성을 묻고 있소. 직업이 아니오!"

"성과 직업 두 가지 다 말한 겁니다."

베포는 참을성 있게 설명했다.

경찰관은 펜을 놓고 두 손으로 얼굴을 감싸고는 절망의 신음 소리를 냈다.

"빌어먹을! 하필이면 내 당번 때 이런 노인이 나타났담!"

그는 몸을 똑바로 일으켜 어깨를 펴고는 노인에게 용기를 북돋워 주려는 듯 미소를 지으면서 환자를 돌보듯 온화한 말투로 말했다.

"인적 사항은 나중에 조사하기로 합시다. 우선 도대체 무슨 일이 일어난 건지, 모든 것이 어떻게 된 건지 차근차근 말해 보시오."

"모든 것이라니요?"

베포는 의아해하며 물었다.

"모든 것 말이오, 사건에 관계된 것은 모조리 다. 나는 물론 시간이 없소. 점심때까지 산더미만한 서류를 모두 처리해야 하오. 이젠 몸도 마음도 너무 지쳐 있소. 그렇지만 어서 침착하게 얘기해 보시오. 하고 싶은 얘기를 죄다 말이오."

경찰관이 대답했다.

경찰관은 의자에 등을 기대고, 마치 화형에 처해지려는 순교자 같은 얼굴로 눈을 감았다. 그러자 베포 노인은 특유의 기묘하고 알아듣기 어려운 느릿한 말투로, 모모가 나타났던 것부터 시작해서 모모의 아주 기이한 성격과 쓰레기 하치장에서 자신이 엿들었던 회색 사나이들의 얘기까지 모두 털어놓았다.

"그리고 바로 그날 밤, 모모가 없어졌습니다."

그는 이렇게 말을 끝맺었다.

경찰관은 베포를 한참 동안 신경질적으로 바라보고 있더니 겨우 입을 열었다.

"말하자면, 감히 믿을 수 없는 꼬마 여자아이가 있었다, 그러나 분명히 있었다고는 누구 하나 입증할 수 없다, 그리고 그 아이는 있을 수도 없는 유령들에 의해 어디론가 유괴되었다, 그러나 그 점에 있어서도 확실하다고는 말할 수 없다, 이거로군요. 이런 사건을 경찰에게 어떻게 해달라는 건가요?"

"제발 부탁입니다!"

베포가 말했다.

경찰관은 앞으로 몸을 내밀고 난폭하게 소리쳤다.

"이봐요, 내 코 끝에서 숨을 내쉬어 보시오!"

베포는 왜 그런 일을 시키는지 몰라서 어깨를 움츠리기는 했으나 명령대로 경찰관의 얼굴에 입김을 내뿜었다.

경찰관은 코를 벌름거리더니 머리를 가로저으며 말했다.

"분명히 취해 있지는 않은 모양인데."

"물론이지요. 전 술에 취해 본 적이 없어요."

베포는 얼굴을 새빨갛게 붉히면서 중얼거렸다.

"그렇다면 무엇 때문에 이런 엉터리 같은 얘기를 하는 거요? 경찰이 이런 어린애 속임수 같은 얘기에 말려들 만큼 어리석다고 생각하시오?"

"예."

베포는 악의 없이 이렇게 대답해 버렸다.

드디어 이 말에 경찰관의 인내가 한계에 다다랐다. 그는 의자에서 벌떡 일어나 길고 까다로운 서류를 주먹으로 쾅 내리치고 얼굴을 붉히며 외쳤다.

"이젠 더 이상 참을 수 없소! 당장 꺼지시오! 그러지 않으면 경찰모욕죄로 잡아넣겠소!"

"미안합니다. 그런 뜻은 아닙니다. 제가 말하고 싶었던 것은……."

베포는 겁에 질려서 더듬더듬 말했다.

"나가요!"

경찰관은 고함을 질렀다.

베포는 몸을 돌려 밖으로 나왔다.

다음날도 그리고 그 다음날도 그는 여러 군데 다른 파출소에 모습을 나타냈다. 그곳에서 벌어진 광경들도 첫번째의 것과 별 차이가 없었다. 파출소에서는 쫓아내거나 친절하게 '돌아가시오' 하였거나 단지 그를 돌려보내기 위해 듣기 좋은 말로 거짓 약속을 하거나 했다.

베포는 마침내 직위가 높은 경찰관을 만났다. 그러나 그는 다른 동료들에 비해서 더 유머 감각이 없었다. 그는 베포의 이야기를 눈썹 하나 까딱 않고 듣고 나더니 차갑게 말했다.

"이 영감은 돌았군. 이 영감이 공공의 안전을 해칠 우려가 있는지 확인해야겠어. 유치장에 처넣어!"

베포는 유치장에서 반나절을 기다린 뒤에 두 경찰관에 의해 자동차에 실렸다.

차는 도시를 가로질러 창살이 있는 크고 하얀 건물 앞에 멈추었다. 그러나 그곳은 베포가 처음 생각했던 것처럼 감옥이나 그와 비슷한 곳이 아니라 정신병 환자를 치료하는 병원이었다.

이곳에서 그는 철저한 검사를 받았다. 의사와 간호사는 친절했고 그를 조롱하거나 깔보지도 않았다. 심지어는 그의 얘기에 상당한 흥미를 느끼는 것도 같았다. 왜냐하면 몇 번이고 같은 얘기를 되풀이하게 했기 때문이다. 그들이 자기 얘기에 한마디도 트집을 잡거나 하지 않았음에도 불구하고, 베포는 그들 역시 진심으로 자기 말을 믿어주지 않는다는 느낌을 받았다. 그들이 도대체 무엇을 생각하고 있는지 그로서는 알 수가 없었다. 어쨌든 그들은 베포를 병원에서 내보내 주지 않았다.

대체 언제쯤 내보내 줄 거냐고 베포가 물어볼 때마다 똑같은 대답이 되돌아왔다.

"곧 나가게 됩니다. 그렇지만 좀더 계셔 주셨으면 합니다. 조사가 아직 끝나지 않았어요. 그래도 꽤 좋아지셨어요."

이 조사가 모모의 행방을 조사하는 것이라고만 생각하고 있던 베포는 끈기 있게 기다렸다. 그는 다른 많은 환자가 있는 커다란 병실의 한 침대에 배정되어 있었다.

어느 날 밤, 갑자기 잠에서 깨어나니 야간등의 희미한 불빛 속에 누군가 침대 곁에 서 있는 것이 보였다. 처음에는 타들어 가는 시가의 빨간 불꽃만이 눈에 띄었지만 이내 어둠 속에 서 있는 사람이 둥그렇고 딱딱한 모자를 쓰고 서류 가방을 들고 있다는 것을 알아보았다. 그가 회색 사나이라는 것을 알아차린 베포는 심장이 얼어붙는 듯한 추위를 느끼며 살려 달라고 외치려 했다.

"떠들지 마시오!"

어둠 속에서 잿빛 음성이 말했다.

"나는 당신한테 한 가지 제안을 하려고 이곳에 왔소. 잘 들으시오. 그리고 내가 대답하라고 할 때까지 입을 떼어서는 안 되

오! 우리가 얼마나 막강한 힘을 지니고 있는지, 이미 당신도 조금쯤은 알고 있을 거요. 더 많은 사실을 알게 되느냐 마느냐 하는 것은 순전히 당신한테 달려 있소. 당신이 우리에 관한 이야기를 누구한테 떠들든 사실 우리는 아무런 영향도 받지 않소. 그러나 기분은 좋지 않겠지요. 아무튼 당신의 꼬마 친구 모모가 우리한테 잡혀 와 있으리라는 당신의 추측은 전적으로 옳소. 그러나 우리를 수색하면 찾아내리라는 희망은 버리시오. 그건 어림없는 일이오. 당신이 그 아이를 구출하려고 아무리 애를 써도 가엾게도 그것은 그 아이의 처지를 그만큼 어렵게 하는 거요. 당신의 노력 하나하나에 대해 그 아이가 보상해야 되니까. 앞으로는 당신도 언행을 조심해야 하오."

회색 사나이는 시가 연기를 고리 모양으로 서너 개 내뿜더니, 자기의 말이 베포 노인에게 끼치는 효력을 확인하고는 만족해했다. 베포 노인은 상대가 말하는 것을 한마디도 빠짐없이 사실로 믿어버렸던 것이다.

"우리의 제안은 다음과 같소. 시간도 이끼우니 되도록 긴딘히 말하리다. 당신이 앞으로 절대로 우리들에 대해서나 우리들의 활동에 대해서 말하지 않는다는 조건으로 우리는 꼬마를 내주겠소. 단 그 몸값으로 십만 시간을 저축해 주어야 하오. 우리에게 그 시간을 어떻게 전해 줄지에 대해서는 걱정하지 마시오. 그것은 우리가 알아서 할 문제요. 당신이 할 일은, 다만 그만큼의 시간을 절약하는 일이며, 어떻게 시간을 저축할지 그것만 생각하면 되오. 이 제안에 동의한다면 우리는 당신이 2, 3일 안에 여기서 풀려나도록 도와주겠소. 동의하지 않는다면 당신은 영원히 이곳에 있게 되고, 모모는 영원히 우리들에게 잡혀 있게 될 것이오. 신중히 생각해 보시오. 이렇게 관대한 제안은 이번 한 번뿐이오. 어떻게 하겠소?"

베포는 두어 번 침을 꿀꺽 삼키고 나서 기어들어가는 목소리로 대답했다.

"동의합니다."

"판단력이 매우 뛰어나시군. 그러면 조심하시오. 우리에 대해선 절대 말해선 안 되오. 십만 시간, 그 시간이 저축되는 대로 꼬마 모모를 돌려주겠소. 그럼, 잘해 보시오."

회색 사나이는 만족스러운 듯 말했다.

이렇게 말하고 회색 사나이는 병실을 나갔다. 그가 남기고 간 시가 연기만이 어둠 속에서 도깨비불처럼 희미하게 빛나고 있었다.

이날 밤 이후로 베포는 두 번 다시 그 이야기를 하지 않았다. 그리고 왜 전에는 그런 얘기를 했었느냐는 질문을 받으면, 그는 다만 서글픈 표정으로 어깨를 으쓱할 뿐이었다.

2, 3일 후에 그는 퇴원이 허락되었다. 하지만 베포는 집으로 가지 않고 자기와 동료들이 항상 빗자루와 수레를 배급받는, 큰 마당이 있는 건물로 곧장 갔다. 그는 빗자루를 꺼내어 그걸 가지고 거리로 나가 도로를 청소하기 시작했다.

그러나 그 청소하는 방법은 이제 이전처럼 한 발짝마다 한 숨 돌리고 한 숨마다 한 번 비질을 하는 그런 식이 아니고, 일에 대한 애착 따위는 전혀 가지지 않은 채 아주 급하게 오로지 시간을 절약하기 위해서 비질만 하는 식이었다. 그는 괴로울 정도로 확실히 알고 있었다. 그런 방법은 자신의 마음 밑바닥으로부터의 신념을, 아니 자신의 지금까지의 삶 전체를 부정하고 배반하는 것이었다. 그걸 생각하니 그는 자신이 하고 있는 짓이 몸서리치도록 싫어지고 구토증이 날 정도였다.

만약 이 일이 자기 한 사람에 국한된 일이라면, 자기 자신만을 배반하는 일이라면 오히려 그는 굶어 죽는 것을 택했을 것이다. 하지만 이것은 모모를 위한 일이고, 그는 모모의 몸값을 지불해야 했다. 그러기 위해서는 이렇게 시간을 절약하는 수밖에 없었다.

그는 한 번도 집에 돌아가지 않고 밤낮으로 길을 청소했다. 견딜 수 없이 지치면 길가의 벤치나 하수구 덮개 위에 앉아서 잠시 잠을 청했다. 그리고 잠시 후 다시 벌떡 일어나 청소를 계속했다. 음식 역시 일하는 사이에 꿀꺽 삼켰다. 원형극장 옆에 있는 오두막으로는 다시 돌아가지 않았다.

이렇게 청소를 계속하여 몇 주일, 몇 달이 지났다. 가을이 오고 겨울이 왔다. 베포는 계속 거리를 쓸고 있었다.

봄이 오고 또다시 여름이 되었다. 베포는 계절도 거의 느끼지 못한 채 십만 시간의 몸값을 저축하기 위해 오로지 길을 쓸고 또 쓸었다.

대도시의 사람들은 이 키 작은 노인에게 시선을 돌릴 만한 여유도 갖지 못했다. 간혹 어쩌다가 그에게 시선을 돌렸던 사람들도 마치 그 일에 목숨이라도 걸린 양 빗자루를 휘두르고 헐레벌떡 서둘러 비질을 하며 획 지나치는 이 노인의 뒷모습을 바라보고는, 저 사람 돌지 않았나 하고 고개를 갸웃거리곤 했다. 하지만 남들이 자기를 이상한 사람으로 생각하는 것은 새삼스러운 일이 아니어서 그다지 신경 쓸 일이 못 되었다. 다만 사람들이 간혹 왜 그렇게 서두르느냐고 물어올 때면, 그는 잠깐 일손을 멈추고 슬픈 눈으로 힐끗힐끗 바라보면서 입술에 손가락을 대는 것이었다.

회색 사나이들에게 가장 어려운 사업은, 모모의 친구인 아이들을 자기네 생각대로 조종하는 일이었다. 모모가 실종된 뒤에도 아이들은 틈만 나면 원형극장 옛 터로 모여들었다. 그리고 그들은 항상 새로운 놀이를 생각해 내었다. 낡은 상자와 골판지 몇 개만 있으면, 그것을 배로 꾸미고 멋진 세계여행을 떠나거나 성과 궁전을 지었던 것이다.

그들은 여전히 여러 가지 계획을 세우는 데 머리를 짜내고 서로 이야기를 주고받았다. 요컨대 아이들은 여전히 모모가 함께 있을 때와 똑같이 놀고 있었던 것이다. 이렇게 놀고 있으면 실제로 모모가 거기에 있는 것과 다름없었다.

더욱이 이 아이들은 모모가 다시 돌아오리라는 것을 굳게 믿고 조금도 의심하지 않았다. 아무도 입밖에 낸 적은 없지만, 굳이 말로 할 필요도 없었다. 말 없는 가운데 이런 확신이 아이들을 서로 묶어놓고 있었던 것이다. 모모는 지금 이곳에 있든 없든 그들의 벗이며 그들 마음 속의 중심 인물이었다.

이것에 대해서는 잿빛 사나이들도 어떻게 손을 써볼 도리가 없었다.

모모로부터 아이들을 떼어놓기 위해 간접적으로나마 영향을 미치게 하기 위해서는 한 가지 다른 방법을 써야 했다. 이러한 일에 이용된 것은 어른들이었다. 어른들이라면 아이에 대해 이래라 저래라 하고 간섭할 수 있는 처지에 있었기 때문이다. 물론 모든 어른들이 아니라 회색 사나이들의 협조자가 된 어른들만이지만. 그런데 유감스럽게도 이런 어른들의 수는 많이 있었다. 게다가 회색 사나이들이 아이들에게 썼던 무기라는 것이 아이들 자신이 전에 생각해 냈던 무기였던 것이다.

즉 몇몇 어른들이 갑자기 지난날 아이들이 써먹었던 행진과 플래카드를 생각해 낸 것이다.

"우리는 무슨 조처를 강구해야 합니다."

한 어른이 제안했다.

"외토리 어린이가 점점 늘고 있는 깃은 큰일입니다. 그러니 부모들을 탓할 수는 없지요. 아무튼 현대에는 부모들이 아이들을 충분히 돌봐줄 수 있는 시간이 없으니까요. 시 당국이야말로 이에 대한 대책을 강구해야 할 때입니다."

그러자 다른 어른이 말했다.

"방치된 아이들이란 도덕적으로 타락하고 비행에 빠지기 쉽습니다. 시 당국은 이러한 아이들이 더 이상 방치되지 않도록 대책을 세워야 합니다. 시설 기관을 설립하여 아이들을 사회에 도움이 되는 유능한 일원으로 교육시켜야 합니다."

또 다른 어른은 이렇게 주장했다.

"어린이들은 미래의 가장 소중한 자원입니다. 미래는 제트기와 인공 지능 시대가 됩니다. 이러한 기계를 모두 다룰 수 있는 많은 전문기술자와 전문노동자가 필요합니다. 그러나 우리는 교육은커녕 변함없이 그들의 귀중한 시간의 대부분을 쓸모없는 놀이에 낭비시키고 있습니다. 이러한 일은 우리들 문명에 대한 치욕이며 미래의 인류에 대한 범죄입니다."

이러한 소리를 듣고 시간저축가들은 눈이 번쩍 뜨이는 묘안이 생각났다. 이 무렵 대도시에는 벌써 아주 많은 시간저축가들이 있었는데, 이들의 설득은 단시간 내에 효과를 나타내 시 당국은 방치된 많은 아이들을 위해 무엇인가 해야 한다는 필요성을 인정하기에 이르렀다.

그래서 각 구역마다 이른바 '탁아소'라는 시설이 세워졌다. 탁아소는 큰 건물이었으며 누구의 보살핌도 받을 수 없는 모든 어린이들이 맡겨졌다가 부모가 집으로 돌아올 때 다시 집으로 데려가는 시설이었다. 그 결과 어린이들이 거리나 공원이나 어디서나 노는 일은 금지되었다. 어떤 어린이든 그런 데서 놀다가 들키는 날이면 당장 그것을 본 어른에 의해서 근처의 '탁아소'로 보내졌다. 그리고 부모는 일정 금액의 벌금을 물어야 했다.

모모의 친구들도 이 새로운 규정에서 빠져나올 수 없게 되었다. 그들은 각기 살고 있는 구역에 따라 나뉘어 해당 탁아소에 강제로 집어넣어졌다. 물론 이런 곳에서는 자기 스스로 놀이를

창안해 낸다는 일이 허락될 리 없었다. 놀이는 감독하는 어른에 의해 정해졌으며, 그것은 한결같이 유용한 지식 따위를 얻게 하는 놀이뿐이었다. 그러는 동안 아이들은 그 밖의 무엇인가를 잃어갔다. 그게 무엇인가? 그건 기뻐하는 일, 몰두하는 일, 꿈을 갖는 일 등이었다.

아이들도 점차 꼬마시간저축가들의 얼굴을 갖게 되었다. 어른이 하라고 시키는 일은 싫은 듯 재미없어하며 뾰로통한 얼굴로 억지로 했다. 그리고 자기가 좋아하는 것을 자유롭게 해도 된다고 하면, 이번에는 무엇을 해야 좋을지 전혀 모르게 되어 버렸다.

오로지 한 가지, 아이들이 아직도 할 수 있었던 것은 떠드는 일이었다. 그러나 그것은 물론 명랑하게 떠드는 것이 아니라 화를 내고 파괴하는 소란이었다.

그러나 회색 사나이들은 어느 어린이한테도 나타나지 않았다. 그들이 대도시에 쳐놓은 그물은 이제 빈틈없이 촘촘해서 찢을래야 찢을 수 없는 느낌이었다. 아무리 영리한 아이라도 이 그물의 코를 뚫고 빠져나가는 것은 불가능했다. 회색 사나이들의 계획은 훌륭하게 성공을 거둔 것이다. 이로써 모모가 돌아올 것에 대비한 준비는 완전히 갖추어진 셈이었다.

그때부터 원형극장 옛 터는 찾아오는 사람 하나 없이 버림받은 채 텅 비어 있었다.

모모는 지금 원형극장의 돌계단에 앉아서 친구들을 기다리고 있는 것이다. 그녀는 돌아온 후 꼬박 하루를 이렇게 앉아서 기다렸다. 그러나 아무도 오지 않았다. 한 사람도 나타나지 않았던 것이다.

해가 서쪽 지평선으로 뉘엿뉘엿 넘어가고 있었다. 그림자가 점점 길어졌고 날씨는 쌀쌀해졌다. 드디어 모모는 일어섰다. 먹을 것을 가져다 주는 사람이 하나도 없었기 때문에 모모는 배가 고팠다. 이런 일은 이제까지 한 번도 없었다. 지지와 베포까지도 오늘은 모모를 잊은 것 같았다. 그러나 아마도 깜빡 잊은 것뿐이겠지, 우연이겠지, 내일이면 모든 게 밝혀질 거라고 모모는 생각했다.

모모는 돌계단을 내려와서 거북에게로 다가갔다. 거북은 마침 잠을 자려고 껍질 속으로 기어들어가 있었다. 모모는 그 옆에 웅크리고 앉아 거북의 등을 손마디로 살며시 툭툭 쳤다. 그러자 거북이 머리를 내밀고 모모를 쳐다보았다.

"깨워서 미안해. 그렇지만 왜 오늘 하루 종일 내 친구들이 아무도 안 왔는지 아니?"

거북의 등에 글자가 나타났다.

"이제 아무도 없어."

모모는 글자를 읽었지만 그것이 무슨 뜻인지 알 수가 없었다.

"그래, 좋아. 내일이면 알게 될 거야. 내일은 반드시 친구들이 와줄 거야."

그녀는 자신 있게 말했다.

"이제는 안 와."

거북이 대답했다.

모모는 어슴푸레하게 빛나는 글자를 한참 뚫어지게 바라보고 있다가 잠시 후에 겨우 걱정스레 물었다.

"무슨 뜻이지? 대체 내 친구들한테 무슨 일이 일어났니?"

"모두들 떠나갔어."

모모는 고개를 가로저으며 낮은 소리로 말했다.

"아니야, 그럴 리가 없어. 네가 잘못 생각한 게 틀림없어, 카시오페이아. 어제는 모두 다 대집회에 참석했는걸. 비록 실패했지만."

"너는 오랫동안 잠들어 있었어."

카시오페이아가 대답했다.

모모는 호라 박사의 말을 생각했다.

"지구가 태양을 한바퀴 도는 동안 기다리는 거야, 꼬마야. 싹이 돋아나기까지 땅속에 묻혀 잠자는 씨앗처럼 말이야."

박사가 이렇게 말했었다.

그러나 그때는 알았다고 대답은 했어도 그것이 얼마나 긴 시간인가를 미처 생각지 못했던 것이다. 그런데 이제 겨우 어렴풋이 짐작이 가기 시작했다.

"얼마나 오래?"

모모는 속삭이듯 물었다.

"일년 동안."

이 대답을 이해하는 데 모모는 한참이나 걸렸다.

"그렇지만 베포와 지지는……."

더듬거리며 그녀는 겨우 말을 이었다.

"두 친구만은 틀림없이 날 기다리고 있었을 거야!"

"이젠 아무도 없어."

"어떻게 그럴 수가 있지? 그렇게 간단히 모든 것이 떠나 버리다니……모두 다."

모모의 입술이 떨렸다.

그러자 서서히 카시오페이아의 등에 문자가 나타났다.

"모든 것은 지나갔다."

모모는 난생 처음으로 이 말의 뜻을 뼈에 사무치게 느꼈다. 가슴이 전에 없이 무겁게 가라앉았다.

"그렇지만 나는, 나는 아직도 여기에 있는걸……."

모모는 멍하니 정신을 잃고 중얼거렸다.

울 수 있다면 얼마나 좋을까. 그러나 모모는 울 수가 없었다.

잠시 후 모모는 거북이 자기의 맨발을 건드리는 것을 느꼈다.

"내가 있잖아!"

"그렇군."

모모는 용기를 얻어 미소를 지으며 말했다.

"네가 내 곁에 있구나, 카시오페이아. 정말 고마워. 자, 우리 자러 가자."

모모는 거북을 안고 성벽 구멍을 지나 자기 방으로 들어갔다. 기울어 가는 석양 속에서 모든 것이 떠날 때 그대로인 것이 보였다(베포가 그때 방을 치워 놓았던 것이다). 그러나 사방에 두터운 먼지가 쌓이고 거미줄이 쳐져 있었다.

나무 상자로 만든 책상 위에 편지 한 통이 양철 깡통 안에 끼워져 있었다. 거기에도 거미줄이 쳐져 있었다.

겉봉에는 "모모에게"라고 쓰여 있었다.

모모의 가슴은 두근거리기 시작했다. 편지를 받다니, 난생 처음이었다.

모모는 편지를 손에 들고 요리조리 살펴보고는 봉투를 뜯고 쪽지를 꺼냈다.

사랑하는 모모!

나는 이사를 했어. 돌아오면 즉시 나한테 연락해 주기 바란다. 몹시 걱정했다. 네가 없으니 여간 쓸쓸한 게 아니란다. 네가 무사하기를 빌고 있다. 배가 고프면 니노한테 가면 된다. 계산서는 모두 니노가 나한테 보내 주기로 되어 있단다. 그러니까 먹고 싶은 대로 먹어라. 알았지? 자세한 얘기는 니노가 모두 해줄 거야. 나를 잊지 말아 다오! 나 역시 너를 소중하게 여기고 있어!

항상 너의 편인 지지

지지는 보기 좋고 읽기 쉽게 쓰려고 애를 쓴 것 같은데, 모모가 한 글자 한 글자를 읽어내는 데는 많은 시간이 걸렸다. 겨우 편지를 다 읽었을 때, 마지막 한 줄기 햇살이 이제 막 사라지려 하고 있었다.

그녀는 거북을 안고서 침대에 나란히 누웠다. 그리고 먼지투성이의 이불을 덮으면서 낮은 소리로 말했다.

"이봐, 카시오페이아, 역시 난 혼자가 아니잖아?"

하지만 거북은 벌써 잠든 모양이었다. 모모는 편지를 읽는 동안 눈앞에서 지지의 모습을 생생히 보았기 때문에, 이 편지가 벌써 일년 동안이나 여기에 놓여 있었다는 것이 전혀 실감나지 않았다.

모모는 편지를 옆에 두고 살며시 뺨을 그 위에 얹었다. 이제는 더 이상 춥지가 않았다.

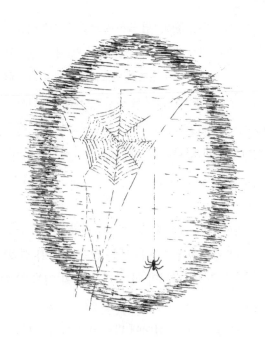

너무 많은 음식과 너무 짧은 대답

다음날 모모는 거북을 안고 니노의 작은 주점을 향해 길을 떠났다.

"자아, 이제 곧 모든 것이 밝혀질 거야, 카시오페이아."

모모가 말했다.

"지지와 베포가 지금 어디에 있는지 니노는 알고 있어. 그리고 그 다음에 아이들을 데려오면 우리는 모두 다시 함께 있을 수 있어. 니노와 아주머니도 같이 와줄지 몰라. 어쩌면 또 다른 사람들도. 틀림없이 내 친구들이 네 마음에도 들 거야. 오늘 저녁 작은 잔치를 벌이면 어떨까? 나는 꽃들에 관해서, 음악에 대해서, 호라 박사님에 대해서 모두에게 얘기하겠어. 아, 다들 다시 만날 생각을 하니 몹시 떨려. 하지만 지금 당장은 맛있는 점심 식사를 생각하는 것이 더 즐거워. 정말 배가 고프거든."

이렇게 모모는 명랑하게 지껄이고 있었다. 그리고 몇 번이고 웃옷 호주머니 속에 넣어둔 지지의 편지를 만지작거렸다. 거북은 그런 모모를 영겁의 세월을 살아온 깊은 눈으로 바라볼 뿐 말이 없었다.

모모는 걸어가면서 흥얼거리다가 나중에는 큰 소리로 노래를 부르기 시작했다. 그 노래는 저 별들의 가사와 멜로디였다. 어제와 조금도 변함없이 생생하게 모모의 기억 속으로부터 울려 퍼졌다. 이 노래라면 결코 잊지 않을 것이라고 모모는 생각했다.

그러다가 그녀는 문득 노래를 그쳤다. 바로 눈앞에 니노의 주점이 보였던 것이다. 처음에 모모는 길을 잘못 들어선 게 아닌가 생각했다. 입구에 포도 덩굴로 뒤덮인 정자가 있고 비에 얼룩진 회벽의 낡은 집 대신에, 거리 쪽의 벽면 전체가 커다란 통유리로 된 기다란 사각 콘크리트 건물이 서 있었다. 도로도 아스팔트로 포장되어 있었고, 그 위로 수많은 자동차들이 쌩쌩 달리고 있었다.

맞은편에는 기대한 주유소와 그 바로 옆으로 엄청나게 큰 빌딩이 우뚝 솟아 있었다. 새 음식점 앞에는 많은 차들이 주차해 있었고 입구 위에는 커다란 글씨로 쓰여진 화려한 간판이 걸려 있었다.

패스트푸드 레스토랑 · 니노

모모는 안으로 들어갔지만, 처음에는 상황이 달라져서 어떻게 해야 할지 몸둘 바를 몰랐다. 창가에는 긴 다리 위에 조그만 판이 얹혀진 테이블이 여러 개 놓여 있었는데 아주 기묘한 모양 새였다. 그것은 매우 높아서 어른들도 선 채로 먹게 되어 있었다. 의자는 하나도 없었다.

반대편에는 반짝반짝 빛나는 금속의 긴 막대가 울타리처럼 옆으로 가로놓여 있었다. 다시 저편에는 조금씩 거리를 두고 기다란 유리 상자가 줄지어 있고 그 안에는 햄빵, 치즈빵, 소시지 등과 접시에 담긴 샐러드, 푸딩, 케이크 등 모모로서는 처음 보는 온갖 음식이 진열되어 있었다.

하지만 모모가 이러한 것을 알아보는 데는 사실 상당한 시간이 걸렸다. 레스토랑 안은 많은 사람들로 붐벼서 어느 쪽으로 돌아도 사람과 부딪혔기 때문이다. 어느 쪽으로 움직여도 바로 밀려나거나 튕겨 나갔다. 대부분의 사람들은 접시와 병이 얹혀진 쟁반을 들고 빈 테이블을 빨리 차지하려고 기회만 엿보고 있었다. 테이블 곁에 서서 급하게 먹고 있는 사람들 뒤에는 또 다른 사람이 자리가 비기를 기다리고 있었다. 먹고 있는 사람과 기다리고 있는 사람 사이에는 거친 말이 오갔다. 어느 쪽을 보더라도 모두 다 불쾌한 사람들뿐이라는 느낌이 들었다.

금속 울타리와 유리 상자 사이를 사람의 행렬이 서서히 밀려가듯 움직이고 있었다. 그들은 각자 유리 상자에서 이곳에서는 요리를 한 접시, 저곳에서는 음료수 한 병과 종이컵 하나를 집어들었다.

모모는 깜짝 놀랐다. 그러니까 이곳에서는 누구나 다 가지고 싶은 것을 가져도 되는구나! 그래서는 안 된다는 사람도 없고 돈을 내라는 사람도 보이지 않는걸. 아마도 여기서는 모두 공짜인 것 같아! 그러니까 이렇게 붐비지.

잠시 후 겨우 니노의 모습이 모모의 눈에 들어왔다. 그는 긴 유리 상자의 줄 저쪽 끝에 많은 사람들에게 가려진 채 계산대에 앉아 있었다. 그리고 끊임없이 계산기를 두들겨 대며 돈을 받고 잔돈을 거슬러 주고 있었다. 그러니까 사람들은 니노한테 돈을 내는구나! 금속 울타리를 지나 니노를 거치지 않고는 식탁 쪽으로 갈 수 없게 되어 있었다.

"니노!"

모모는 소리를 지르며 사람들 숲을 헤집고 다가가려고 했다. 그리고 지지의 편지를 든 손을 높이 쳐들고 흔들어 보았지만 니노는 알아차리지 못했다. 계산기가 요란한 소음을 내는데다가 다른 일에 정신을 팔 시간이 없었던 것이다.

모모는 결심을 하고 울타리를 넘어서 긴 대열을 헤치고 니노 있는 곳으로 돌진했다. 그러자 니노가 고개를 들었다. 몇 사람인가 큰 소리로 모모를 나무랐기 때문이다.

모모를 보는 순간 니노의 얼굴에서 불쾌한 표정이 싹 가셨다.

"모모 아니니! 돌아왔구나! 정말 뜻밖이야!"

그는 전처럼 얼굴이 환해지면서 소리쳤다.

"차례를 지킵시다!"

줄지어 선 사람들이 소리쳤다.

"저 꼬마도 우리들처럼 뒤에 가서 줄을 서야 해요. 제멋대로 앞으로 나가는 건 있을 수 없어요! 원, 염치없는 계집애 같으니!"

"잠깐만요."

니노는 양손을 들고 사람들을 진정시키려는 듯 소리를 질렀다.

"잠깐만 참아주십시오!"

"그래, 모두 제멋대로 한다면 어떻게 되는 거지! 자, 빨리 순서대로 해요! 아이는 우리들보다 바쁘지 않잖아요."

대열 속에서 누군가가 고함을 쳤다.

"지지가 네 몫은 다 지불해 줄 거야. 그러니까 무엇이든 먹고 싶은 것을 가져오너라. 하지만 다른 사람들처럼 저 뒤에 가서 서라. 너도 들었지!"

니노는 모모에게 급히 귀엣말로 속삭였다.

모모가 다시 물어볼 사이도 없이 사람들은 모모를 떼밀어 버렸다. 모모도 다른 사람들과 똑같이 하는 수밖에 별 도리가 없었다. 긴 대열 맨 끝에 붙어 서서 선반에서 쟁반을 집어들고 유리 상자에서 나이프와 포크, 스푼을 집어들었다. 이렇게 하면 한 발짝씩 천천히 떼밀려 앞으로 가게 되었다. 쟁반을 드는 데 두 손이 다 필요했기 때문에 할수없이 카시오페이아를 쟁반에 올려놓았다. 그리고 모모는 걸어가면서 유리 상자에서 여기서 한 가지, 저기서 한 가지, 이렇게 음식을 끄집어내어 거북의 둘레에 얹어놓았다.

모모는 여러 가지 일로 머리가 멍하여 어울리지 않는 음식을 선택한 꼴이 되었다. 구운 생선 한 조각, 잼빵 한 개와 소시지 한 쪽, 작은 파이 한 개, 레몬 주스 한 컵이었다. 쟁반 위의 카시오페이아는 껍질 속으로 완전히 기어들어가는 것이 낫다고 생각했는지 이러한 메뉴에 대해서는 시큰둥했다.

간신히 계산대 앞에 서게 되자 모모는 재빨리 니노에게 물었다.

"지지가 어디 있는지 알고 계세요?"

"알고 있지. 지지는 아주 유명해졌단다. 우리들은 모두 지지를 자랑스러워하지. 어쨌든 지지는 우리들 중의 하나니까! 텔레비전에도 자주 나오고 라디오에서도 자주 얘기를 하지. 신문에는 언제나 지지의 기사가 실려. 얼마 전에는 기자 두 사람이 나한테까지 찾아와서 옛날 얘기를 듣고 갔지. 난 얘기를 해줬어, 옛날에 지지가 어떻게……."

"어이, 거기 앞에 우물쭈물하지 마!"

행렬 속의 몇 사람이 소리쳤다.

"그렇지만 왜 지지는 오지 않게 되었나요?"

모모가 물었다.

"왜 알고 있잖니. 시지는 이제 시간이 없단다. 그는 지금 훨씬 중요한 일을 해야 하고, 원형극장에 가도 이젠 별볼일이 없어졌으니까."

니노는 안절부절못하면서 소곤거렸다.

"거기 뭘 하고 있는 거요?"

뒤에서 몇 사람의 불쾌한 소리가 튀어나왔다.

"아니, 우리들이 마냥 죽치고 있을 시간이 없다는 걸 모르오?"

"지지의 집은 어디예요?"

모모는 못 들은 척하고 집요하게 물었다.

"초록빛 언덕 위 어딘가에 살지. 정원으로 둘러싸인 근사한 별장을 갖고 있다지, 아마. 하지만 지금은 이 정도로 하고 그냥 지나가거라, 응!"

모모는 아직도 묻고 싶은 것이 산더미 같았으므로 그곳을 떠나기 싫었지만 뒷사람들에게 떼밀리고 말았다. 그래서 쟁반을 들고 버섯 모양의 테이블로 가서 잠시 기다렸다가 운좋게 자리를 차지했다. 그러나 테이블은 그녀에게는 코에 닿을 정도로 너무 높았다.

모모가 쟁반을 힘들여 밀어 올려놓자, 주위의 사람들이 거북을 보고는 역겨운 듯이 얼굴을 찡그렸다.

"이제 거북에게도 저런 것을 먹게 하려는 건가."

누군가가 옆사람에게 말했다.

상대방은 입속으로 중얼거렸다.

"어찌자는 건시. 요즘 애들은 도대체!"

그러나 다른 사람은 아무 말이 없었고, 더 이상은 모모에게 관심을 갖지 않았다. 하지만 모모에게는 식사하는 것 역시 무척 힘든 일이 아닐 수 없었다. 쟁반 안을 들여다보기가 어려웠다. 그렇지만 너무나 배가 고팠기 때문에 하나도 남기지 않고 몽땅 먹어치웠다.

이제 배가 불렀다. 하지만 아무래도 베포가 어찌 되었는지 들어봐야 했다. 그리하여 모모는 다시 한 번 줄 뒤에 가서 붙어 섰다. 그러나 빈 손으로 줄을 서면 사람들이 화를 낼지도 몰라서 걸어가며 다시 유리 상자에서 이것저것 먹을 것을 집었다.

마침내 또다시 니노 앞에 섰을 때 그녀는 물었다.

"도로청소부 베포 할아버지는 어디에 계시지요?"

니노는 자기의 고객들이 다시 불평을 하지 않을까 겁이 나서 급히 설명했다.

"베포는 너를 참 오래 기다렸어. 네게 어떤 무서운 일이 일어났다고 생각하고 날마다 회색 사나이에 관한 얘기를 했지. 너도 알다시피 그 노인은 약간 괴짜였잖아."

"어이, 앞의 두 친구들! 잠을 자는 거야?"

대열 속의 누군가가 외쳤다.

"곧 끝납니다, 손님!"

니노는 손님 쪽을 향해 소리쳤다.

"그런 다음엔요?"

모모가 물었다.

"그리고 경찰을 화나게 했어. 너를 찾아 달라고 우겨댔지. 내가 듣기에는 마지막엔 요양원으로 보내졌다는구나. 그 이상은 나도 몰라."

니노는 말을 이으면서도 불안한 표정으로 손으로 얼굴을 쓸었다.

"이게 뭐야! 도대체 여기가 패스트푸드점 맞아? 아니면 대합실인가? 당신들은 오랜만에 만난 친척인 모양인데, 그렇소?"

격분한 음성이 저 뒤쪽에서 들려왔다.

"그런 셈이죠!"

니노가 미안하다는 듯이 대답했다.

"베포 아저씨는 아직 그곳에 있나요?"

모모가 물었다.

"아닐 거야. 사람들을 해칠 염려는 없다고 해서 나왔다는 것 같더라."

"그래요? 그러면 지금은 어디에?"

"몰라. 정말이야, 모모. 지금은 제발 앞으로 빠져줘!"

이번에도 모모는 뒷사람들에게 떼밀리고 말았다. 또다시 모모는 버섯 모양의 테이블로 가서 자리가 비는 것을 기다렸다가 쟁반의 음식을 먹어치웠다. 아까보다는 맛이 덜했다. 그렇지만 음식을 남긴다는 것은 물론 모모로서는 생각도 못 할 일이었다.

하지만 이제 옛날에 항상 원형극장으로 놀러 왔던 아이들에 대한 소식을 알아봐야 했다. 할수없이 다시 대열의 뒤에 가서 유리 상자 곁을 걸어가며 쟁반에 음식을 가득 채웠다.

모모는 간신히 다시 계산대 앞의 니노에게로 갔다.

"그리고 애들은요? 아이들은 어떻게 되었어요?"

그녀가 물었다.

모모가 다시 나타난 것을 보자 니노의 이마에 진땀이 배었다.

"이젠 모든 상황이 달라졌어. 하지만 지금은 설명할 수가 없어. 보면 알겠지? 이곳 형편이 어떻게 돌아가는지!"

"하지만 왜 아이들이 오지 않게 되었지요?"

모모는 고집스럽게 질문을 계속했다.

"부모가 바빠 보살펴 줄 사람이 없는 아이들은 모두 다 '탁아소'에 맡기게 되었어. 이제 아이들은 자기네가 좋아하는 일만 하는 것을 금지당했어. 그 이유는…… 요컨대 아이들은 이제 보호 감독을 받게 된 거란다."

"빨리 끝내요, 수다쟁이들! 우리들도 빨리 좀 먹고 싶소."

또다시 대열 속에서 화난 음성이 튀어나왔다.

"내 친구들도요? 정말 그 애들도 그것을 원했나요?"

모모는 도저히 믿을 수가 없어서 물었다.

"그 애들의 의견 같은 것은 안중에도 없었어."

니노는 안절부절못하며 계산기의 키를 여기저기 만지작거리면서 대답했다.

"아이들은 그런 것에 대한 발언권이 없어. 그런 조치는 애들이 길거리에서 놀지 못하도록 만든 거야. 결국 그게 제일 중요한 것 아니겠니, 응?"

모모는 그 말에는 대답도 하지 않고 니노를 살피듯 물끄러미 바라볼 뿐이었다.

그것을 보고 니노는 더욱 당황했다.

"원, 빌어먹을!"

또다시 뒤쪽에서 가시 돋친 소리가 들려왔다.

"오늘은 왜 이렇게 늑장을 부리는지 정말 참을 수가 없군. 당신들은 꼭 지금 그렇게 수다를 떨어야 하겠소?"

"그럼 내 친구들 없이 나는 어떻게 하지요?"

모모는 나직한 소리로 물었다.

니노는 어깨를 움츠리고 손바닥을 마주 비비다가 애써 냉정을 지키려고 심호흡을 한 번 한 다음 말했다.

"이봐, 모모! 우리 모모는 착한 아이니까, 언제 다시 한 번 와라. 지금은 너와 얘기할 시간이 없어. 정말 지금은 그래. 언제나 이곳에 와서 식사를 할 수 있단다. 알고 있지? 하지만 내가 너라면 '탁아소'로 가보겠다. 거기라면 할 일도 있고 보살핌도 받을 것이며 공부도 할 수 있지. 어쨌든 그렇게 혼자 아무 데나 싸돌아다니면 결국은 너도 그리 보내지게 될 거야."

모모는 다시 아무 말도 하지 않고 니노를 바라보았다. 뒤에서 밀어닥치는 사람들이 그녀를 밀어냈다. 모모는 기계적으로 움직여서 테이블로 가서 또다시 기계적으로 세번째의 음식을 입에 쑤셔넣었다. 그러나 흡사 마분지나 대패밥을 먹는 것처럼 목구멍으로 넘기는 데 무척 애를 먹었다. 그것을 먹어치우고 나니 속이 울렁거렸다.

모모는 카시오페이아를 안아들고 뒤도 돌아보지 않고 말없이 밖으로 나왔다.

"이봐, 모모! 잠깐 기다려! 네가 지금까지 어디 있었는지는 전혀 얘길 안 했잖니!"

그녀가 나가는 것을 겨우 알아본 니노가 말을 걸었다.

하지만 곧 다음번 손님이 계산대에 들이닥치자 니노는 다시 키를 두들기고 돈을 받고 거스름돈을 내주기에 바빴다. 그 얼굴에서는 이미 미소는 깨끗이 사라져 버리고 없었다.

"너무 많이 먹었어. 배를 열심히 채웠지. 너무 많다 싶을 정도로. 하지만 전혀 배가 부르지 않아."

모모는 원형극장 옛 터로 돌아오며 카시오페이아에게 말했다.

그리고 잠시 후 다시 덧붙였다.

"니노한테는 꽃과 음악 얘기를 들려줄 수도 없었어."

그리고 잠시 후 생각난 듯 다시 한마디 덧붙였다.

"그렇지만 내일은 지지를 찾으러 나가자. 지지는 분명 네 마음에 들 거야, 카시오페이아. 내일이면 알게 돼."

그러나 거북의 등에는 커다란 물음표가 나타났을 뿐이다.

재회 그리고 진정한 이별

　다음날, 모모는 아침 일찍 지지를 찾으러 나섰다. 물론 거북
도 함께였다.

　초록빛 언덕이 어디에 있는지는 모모도 알고 있었다. 원형극
장이 있는 지역과는 사뭇 꽤 떨어진 교외의 별장 지대였다. 같
은 양식으로 지어진 건물들이 즐비한 새로운 주택가 근처, 이를
테면 이 대도시의 반대편 지역이었다.

　참으로 먼 길이었다. 모모는 맨발로 걷는 데는 익숙했지만
마침내 초록빛 언덕에 닿았을 때에는 발이 무척 아팠다.

　그녀는 잠시 쉬려고 하수구 덮개 위에 앉았다.

　과연 고급 주택지였다. 도로는 넓은데다 깨끗하고 사람의 모
습이라곤 거의 찾아볼 수가 없었다. 높은 담과 철책으로 둘러싸
인 정원에는 거대한 고목이 하늘까지 우뚝 치솟아 있었다. 뜰
안쪽의 집들은 대개 유리와 콘크리트로 옆으로 길게 지어진 건

물이었으며 평평한 지붕으로 되어 있었다. 집앞에 펼쳐진, 단정하게 손질된 잔디는 싱싱하고 윤기가 나서 그 위에서 재주라도 한 번 넘고 싶은 충동을 느끼게 하였다. 그렇지만 어느 집에서도 정원을 산책하거나 잔디 위에서 노는 사람을 볼 수가 없었다. 아마 집주인들에겐 그럴 만한 시간이 없는 모양이었다.

"어느 것이 지지의 집인지 어떻게 찾지?"

모모는 거북에게 말했다.

"곧 알게 돼."

카시오페이아 등의 글자가 대답했다.

"정말?"

모모는 기뻐했다.

"야, 지저분한 꼬마야! 대체 여기서 뭘 하고 있니?"

갑자기 뒤에서 웬 목소리가 들려왔다.

모모는 뒤를 돌아보았다. 이상한 줄무늬 조끼를 입은 사나이가 거기 서 있었다. 부자집 하인들은 그런 조끼를 입는다는 것을 모모는 알지 못했다. 그녀는 일어서서 말했다.

"안녕하세요. 저는 지지의 집을 찾고 있어요. 이곳에 살고 있다고 니노로부터 들었는데요."

"누구네 집을 찾는다고?"

"관광안내원 지지. 내 친구예요."

줄무늬 조끼의 사나이는 의심쩍다는 듯 꼬마를 훑어보았다. 사나이 뒤로 정원의 문이 약간 열려 있어서 안을 들여다볼 수 있었다. 넓은 잔디밭이 있고 사냥개 몇 마리가 그 위를 뛰어다니고 있었으며, 분수가 물줄기를 내뿜고 있는 것이 보였다. 꽃이 만발한 나무 위에는 한 쌍의 공작이 앉아 있었다.

"어머나, 멋있어라! 저 새 좀 봐. 예쁜 새 좀 봐!"

모모는 탄성을 올렸다.

더 가까이 가서 보려고 안으로 들어가려 하자, 조끼를 입은 사나이가 모모의 목덜미를 잡아끌었다.

"들어가면 안 돼! 무슨 짓을 하려고, 더러운 꼬맹아!"

그는 모모를 놓자 무슨 더러운 벌레라도 만진 것처럼 손수건으로 손을 빡빡 문질렀다.

"이게 전부 아저씨 거예요?"

모모는 대문 안쪽을 가리키면서 물었다.

"아니다. 자, 이제 가거라! 이곳은 너 같은 애가 올 곳이 못 돼."

조끼 입은 사나이는 한층 더 무뚝뚝하게 대답했다.

그러자 모모는 힘을 주어 말했다.

"하지만 관광안내원 지지를 찾아야 해요. 날 기다리고 있어요. 지지를 모르세요?"

"여기는 관광안내원 따위는 살고 있지 않아."

그렇게 말하고는 조끼 입은 사나이는 돌아서 버렸다. 사나이는 정원으로 들어가 대문을 잠그려고 하더니 문득 무슨 생각이 떠오른 모양이었다.

"네가 말하는 사람이 혹시 저 유명한 이야기꾼 지롤라모 아니니?"

"그래요. 그가 바로 관광안내원 지지예요. 지롤라모가 진짜 이름이에요. 지지의 집을 알고 계시나요?"

모모가 기뻐하며 대답했다.

"정말 널 기다리니, 그 분이?"

"그래요. 정말로 기다리고 있어요. 그는 내 친구이고, 내가 니노의 식당에서 식사를 하면 그 값을 전부 지불해 줘요."

조끼 입은 사나이는 눈살을 찌푸리고 고개를 저으면서 기가 막히다는 듯이 말했다.

"예술가들이란! 정말로 괴짜들이라니까! 하지만 진짜 그가 기다리고 있다고 생각한다면, 이 길을 똑바로 올라가서 마지막 집이다."

그런 다음 정원문은 쾅 하고 닫혔다.

"뻣뻣한 녀석!"

카시오페이아의 등에 이런 글자가 나타나더니 곧장 사라졌다.

비탈길을 다 올라간 곳에 있는 마지막 집은 사람 키보다 훨씬 높은 담으로 둘러싸여 있었다. 정원문도 조끼 입은 사나이가 있었던 아까 그 집처럼 철판으로 되어 있어서 안을 들여다볼 수가 없었다. 초인종도 문패도 전혀 보이지 않았다.

"이게 정말 지지의 새 집일까? 전혀 지지의 취향이 아닌데."

모모가 말했다.

"하지만 맞아."

거북의 등에 글자가 나타났다.

"어쩌자고 이렇게 꼭꼭 잠겨 있지? 들어갈 수가 없잖아."

"기다려!"

"그러지. 그런데 어떻게 하면 지지가 알 수 있지? 내가 여기 와 있는 걸 말야."

모모는 한숨을 쉬었다.

"곧 나와."

거북 등의 글자가 알려주었다.

그래서 모모는 문 바로 앞에 앉아 참을성 있게 기다렸다. 그런데 아무리 기다려도 아무 일도 일어나지 않았다. 혹시 카시오페이아가 어쩌다가 잘못 판단한 게 아닌가 하는 의심마저 들었다.

"정말 확실하니?"

한참 후에 모모가 물었다.

그러자 그에 대한 대답 대신에 거북의 등에는 "잘 있어!"라는 글자가 나타났다.

모모는 섬뜩했다.

"왜 그러니, 카시오페이아? 날 두고 가버릴 참이니? 대체 어쩔려고 그래?"

"너를 찾으러 가는 거야!"

카시오페이아의 대답은 더욱더 수수께끼 같았다.

그때 갑자기 대문이 열리더니 미끈하고 멋진 고급승용차 한 대가 쏜살같이 빠져나왔다. 모모는 겨우 옆으로 뛰어서 피했지만 그대로 나자빠져 버렸다

자동차는 몇 바퀴 굴러가더니 끼익 소리를 내며 급정차했다. 차 문이 활짝 열리더니 지지가 뛰쳐나왔다.

"모모! 정말 틀림없는 나의 꼬마 모모로구나!"

그는 두 팔을 벌리며 소리쳤다.

모모는 벌떡 일어나 달려갔다. 지지는 그녀를 높이 안아올리고는 양쪽 볼에 수백 번 뽀뽀를 퍼붓고 길에서 춤까지 추었다.

"어디 다친 데는 없니?"

그는 숨가쁘게 물었지만 대답도 기다리지 않고 흥분해서 계속 떠들었다.

"놀라게 해서 미안하구나. 하지만 아주 급했단다. 또 지각하게 생겼어. 도대체 넌 지금까지 어디 있었니? 전부 다 말해 줘야 해. 이렇게 돌아올 줄은 정말 몰랐어. 내 편지 봤니? 응? 그때까지 그대로 있었어? 그래, 그래서 니노의 식당으로 먹으러 갔니? 맛있었어? 아아, 모모. 얘기할 게 산더미 같아. 어쨌든 그동안 굉장히 여러 가지 일들이 있었어. 그래 넌 어떠니? 자, 말해 봐! 그리고 베포 아저씨, 그는 어떻게 지내고 있니? 만난 지가 꽤 됐어. 아이들은? 아아, 모모, 모두가 함께 있었던 때를 자주 생각한단다. 모두에게 여러 가지 이야기를 들려주던 때 말이야. 그때가 징말 좋았지. 그렇지만 이젠 모든 것이 달라졌어. 모든 것이 완전히 딴판으로."

모모는 몇 번이고 질문에 대답하려 했지만, 지지가 말을 멈출 줄 몰랐기 때문에 끼어들 여지가 없어 그저 잠자코 기다리면서 그를 바라보고 있었다

그는 완전히 달라져 있었다. 아주 멋지게 몸단장을 하고 향긋한 향수냄새를 풍기고 있었다. 그러나 어쩐지 서먹서먹하게 느껴졌다.

그러는 동안에 네 사람의 다른 인물이 자동차에서 내려서 이쪽으로 다가왔다. 가죽으로 된 운전기사용 제복을 입은 사나이와 짙은 화장에 굳은 표정을 한 세 명의 여인들이었다.

"그 아이가 다쳤나요?"

그중 한 여인이 걱정한다기보다는 비난하는 투로 물었다.

"아니, 괜찮아요. 다친 덴 전혀 없어요. 그저 놀랐을 뿐이오."

지지가 틀림없다는 투로 말했다.

"하지만 왜 문앞에서 서성거리고 있었담!"

두번째 여인이 말했다.

"얘가 바로 모모라오!"

지지가 웃으면서 그들에게 소개했다.

"그러면 그 소녀가 실제로 존재했단 말인가요?"

세번째 여인이 놀라며 물었다.

"저는 그냥 공상 속의 소녀라고만 생각했지요. 그렇다면 곧 신문사에 연락합시다! '동화 속의 공주와의 재회!'라고 한다면 모두들 대단히 기뻐할 거예요! 바로 조처하겠습니다. 틀림없이 대단한 반응이 올 거예요!"

"아니, 난 그렇게는 하고 싶지 않아."

"그렇지만 넌 신문에 나고 싶지, 그렇지?"

그러자 첫번째 여인이 모모에게 방긋 웃으며 말했다.

"그 아이에게는 손대지 마시오!"

지지가 불쾌한 듯이 말했다.

두번째 여인이 손목시계에 눈을 돌렸다.

"지금 급히 차를 몰지 않으면 비행기를 놓치고 말아요. 그렇게 되면 당신은 어떻게 되는지 알고 계실 텐데요."

"이런! 오랜만에 만난 모모와 차분히 좀더 얘기할 수도 없단 말인가! 모모야, 보다시피 이 노예감독들이 날 일년 내내 놓아주질 않아서 숨 돌릴 사이도 없단다!"

지지가 신경질적으로 말했다.

"어머나! 우리는 상관없어요. 우리야 단지 맡은 일을 할 뿐이에요. 선생님의 일정표를 정확히 진행시키고 선생님으로부터 급료를 받는 데 불과하니까요."

두번째 여인이 새침해져서 말을 받았다.

"그래 알아요, 알고 있어요!"

지지는 한발 물러섰다.

"그러면 갈까! 이봐, 모모, 너도 비행장까지 같이 가자. 그럼 가는 동안에 얘기를 할 수 있잖아. 그러고 나서 운전기사가 널 집으로 바래다 줄 테니까. 됐지?"

그는 모모의 대답도 기다리지 않고, 꼬마의 팔을 이끌어 차 있는 곳으로 갔다. 세 명의 여인은 뒷좌석에 앉았다. 지지는 운전기사 옆에 자리를 잡자 모모를 무릎에 앉혔다. 드디어 차가 떠났다.

"자, 모모. 이제 네 얘기 좀 해봐! 그래, 차례대로 말하지. 왜 그때 갑자기 없어졌지?"

지지가 말했다.

모모가 호라 박사와 시간의 꽃에 대해 막 얘기를 꺼내려 할 때 뒷좌석의 여인이 앞으로 몸을 굽히며 말을 걸었다.

"잠깐 실례해요. 막 멋진 생각이 떠올랐어요. 꼭 모모를 영화사에 데리고 가야 해요. 이번에 촬영하는 부랑아 이야기의 새로운 아이 역으로 적격이에요. 어떠한 관심을 불러일으킬지 한 번 상상해 보세요! 모모가 모모의 역할을 하는 거예요!"

"내가 한 말을 아직도 못 알아들었소? 이 아이를 거기에 끌어들이는 일엔 절대로 반대요!"

지지는 험상궂게 말했다.

"왜 그러시는지 전혀 모르겠어요. 다른 사람들은 이런 기회라면 얼씨구나 하고 달려들 텐데."

상대는 뾰로통하게 대꾸했다.

"난 다른 사람과는 달라!"

지지는 갑자기 격분해서 언성을 높이고는 모모를 향해 덧붙였다.

"미안해, 모모. 넌 이해하지 못하겠지만, 나는 이런 패들이 너까지 끌어들이는 것은 절대로 반대야."

이러한 모욕에 세 여인은 완전히 상처를 받았다.

지지는 머리를 움켜쥐고 신음소리를 냈다. 그리고 조끼 호주머니 속에서 은색 작은 상자를 꺼내더니 약을 한 알 집어 꿀꺽 삼켰다.

잠시 동안 아무도 입을 열지 않았다.

이윽고 지지는 뒤를 돌아보고는 지친 듯한 목소리로 변명했다.

"용서하시오. 당신네들을 두고 한 말은 아니오. 다만 지금 극도로 신경이 예민해져 있어요."

"좋아요. 할 수 없지요. 모두 다 그렇게 되어가고 있는걸요."

첫번째 여인이 대답했다.

지지는 경련을 일으키듯이 웃음지으면서 모모에게 말했다.

"자, 그럼 이제 우리의 이야기를 하자."

"그전에 한 가지만 물어보겠어요. 곧 도착하니까요. 이 아이를 잠깐 인터뷰만 하게 하면 어떨까요?"

이번에는 세번째 여인이 끼어들었다.

"그만둬요! 나는 지금 모모하고 얘기하고 싶어요. 그것도 둘만의 얘기를! 나에게는 더없는 중요한 일이오. 몇 번이나 말해야 알겠소?"

지지는 노여움이 머리끝까지 솟구쳐 고함을 쳤다.

상대방도 이번엔 똑같이 화가 나서 대꾸했다.

"보다 효과 있는 홍보를 하라고 언제나 저에게 화를 내신 분은 바로 선생님이세요!"

"그래요! 그렇지만 지금은 그만둬요! 지금은 안 돼요!"

지지는 신음소리를 냈다.

"유감이군요! 그렇게 하면 사람들의 눈물샘을 자극해 감동을 줄 텐데요. 선생님 뜻대로 하세요. 나중에라도 할 수 있을 테니까요. 이번……."

"안 돼! 지금도 나중에도, 어쨌든 절대로 안 되오. 이제 부탁이니 제발 입 좀 다물어요. 난 모모와 얘기를 해야 해!"

지지가 말을 막았다.

"좋습니다. 그러면 한마디만 더 하지요! 결국은 선생님의 홍보에 관계되는 것이지 제 일이 아니예요! 부디 잘 생각해 보세요. 선생님이 지금 이런 기회를 무시할 처지인지!"

지지만큼 예민해진 여인의 말대꾸가 들려왔다.

"그야 무시할 처지는 못 되오! 그렇지만 모모를 끌어들여서는 안 되오! 제발 부탁이오, 5분이면 충분하니 우리를 가만 내버려두시오!"

지지는 자포자기가 되어 외쳤다.

여인들은 입을 다물었다. 지지는 몹시 지친 듯 눈을 비볐다.

"너도 인제 알았겠지, 내가 어떤 꼴이 되었는지."

자신에 대해 비웃듯이 그는 잠시 소리 내어 웃었다.

"아무리 내가 원해도 이젠 옛날로 되돌아갈 수가 없어. 난 이미 끝장이야. 기억하고 있니, '지지는 어디까지나 지지다!' 라고 내가 했던 말을? 그러나 지지는 이제 지지가 아니야. 모모, 한마디만 네게 하지. 인생에서 가장 위험한 것은, 이루어지지 못할 꿈이 이루어지는 거란다. 어쨌든 내 경우에는 그렇단다. 내게는 이제 꿈꿀 것이 남아 있지 않아. 너희들 모두에게 돌아간다 해도 이제 꿈은 되찾을 수 없을 거야. 나는 모든 것을 지겹도록 많이 가졌어."

그는 어두운 눈길로 차창 밖을 물끄러미 내다보았다.

"이제 내가 할 수 있는 유일한 일은, 그것은 입을 다무는 일, 아무 이야기도 하지 않는 것, 나머지 인생을, 아니면 적어도 세상이 나를 잊어버려서 이름 없는 가난한 사나이로 되돌아갈 때까지 침묵하는 일일 거야. 그렇지만 꿈도 없고 가난하다는 것은 싫어, 모모. 그것은 지옥이야. 그렇기 때문에 난 지금의 내 자리에 머물러 있는 편을 택한 거야. 여기 역시 사실은 지옥이지만. 하지만 적어도 편하기는 하지. 아아, 내가 뭐라고 떠들고 있지? 네가 이 모든 것을 이해할 턱이 없지.”

모모는 그저 그를 바라볼 뿐이었다. 무엇보다도 그가 병들어 있고, 죽음의 병에 갉아 먹히고 있다는 것을 모모는 알아챘다. 회색 사나이들이 어둠 속에서 손을 뻗치고 있다는 느낌이 들었다. 하지만 지지 자신에게 어떻게 해야겠다는 의지가 전혀 없는 이상, 힘이 되고 싶어도 모모는 어찌할 수가 없었다.

“내 얘기만 했구나. 이번에는 네게 어떤 일이 있었는지 얘기해 봐, 모모!”

지지가 말했다.

그 순간 마침내 자동차는 비행장 앞에 도착했다. 일행온 모두 내려서 시둘러 홀로 들어갔다. 제복 차림의 스튜어디스들이 벌써부터 지지를 기다리고 있었다. 신문기자 몇 명이 사진을 찍거나 질문을 했다. 하지만 스튜어디스들이 그들을 재촉했다. 비행기 출발 시간이 2, 3분밖에 남지 않았기 때문이다.

지지는 모모 쪽으로 몸을 굽히고 지긋이 얼굴을 지켜보았다. 그의 눈에 갑자기 눈물이 괴었다.

“잘 들어, 모모.”

그는 주위 사람들에게 들리지 않도록 조그맣게 말했다.

"나랑 함께 있어 줘! 이번 여행에 널 데리고 가고 싶어. 어딜 가든 데려가고 싶어. 내 멋진 집에서 살면서 진짜 공주처럼 벨벳과 비단옷을 입고 다니는 거야. 넌 다만 함께 있으면서 내 말을 들어주기만 하면 돼. 그러면 아마 옛날처럼 내게 진짜 멋진 이야기들이 떠오르겠지. 그러겠다고 대답만 하면 돼, 모모. 그것으로 모든 것이 다 잘되는 거야. 부탁이야, 내게 힘이 되어줘!"

모모는 진심으로 지지의 힘이 되어주고 싶었기에 가슴이 아팠다. 그러나 모모는 방금 지지가 말한 것을 들어줄 수 없음을 알았다. 그렇게 하려면 지지가 다시 옛날의 지지로 돌아와야만 했기 때문이다. 그리고 모모도 옛날의 모모가 아니라면 지지에게 아무런 도움도 줄 수 없으리라는 것을 그녀는 알았다. 모모의 눈에도 눈물이 흘렀다. 그녀는 고개를 살며시 저었다.

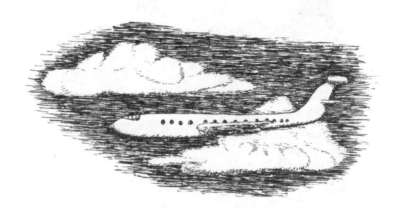

지지는 그녀의 마음을 알았다. 그는 슬픈 듯이 고개를 끄덕이고, 자신이 월급을 주는 여인들에게 끌려가다시피 하여 멀어져 갔다. 멀리서 다시 한 번 손을 흔드는 지지에게 모모도 손을 흔들어 답했다. 그리고 그의 모습은 곧 보이지 않게 되었다.

모모는 지지와 만나는 동안 줄곧 한마디 말도 할 수 없었다. 할 말이 너무나 많았는데! 이제야 겨우 그를 만나게 되었는데, 모모는 그 만남 때문에 이제 진짜로 그를 잃어버린 것 같았다.

모모는 천천히 몸을 돌려 홀의 출구를 향해 걸어갔다. 그 순간, 모모는 너무나 깜짝 놀랐다. 카시오페이아마저 잃어버렸던 것이다!

풍요 속의 빈곤

"자, 이제 어디로 가면 되지?"

모모가 다시 지지의 미끈하고 멋진 승용차에 오르자 운전기
사가 물었다.

그녀는 얼이 빠진 것처럼 멍하니 앞을 내다보았다. 뭐라고
대답해야 할까? 도대체 나는 어디로 가야 하지? 카시오페이아
를 찾아야만 해. 어디 가서 찾는담? 언제 어디서 잃어버렸을까?
지지와 승용차로 달리고 있을 때에는 이미 없었다. 그것은 분명
하다. 그렇다면 지지의 집 앞이다!

이때 문득 모모는 카시오페이아의 등에 "잘 있어!" 그리고
"너를 찾으러 가는 거야"라는 문자가 나타났던 것을 생각해 냈
다. 역시 카시오페이아는 서로 헤어지게 되리라는 것을 알고 있
었던 것이다. 그리고 지금은 모모를 찾고 있을 것이다. 그렇다
면 모모는 어디서 카시오페이아를 찾아낸단 말인가?

"빨리 결정해라."

운전기사는 핸들을 톡톡 두들기며 재촉했다.

"널 데려가는 일 외에 난 또 할 일이 있단다."

"지지의 집으로 가주세요."

모모가 대답했다.

운전기사는 조금 놀란 듯 눈을 크게 떴다.

"난 너를 네 집으로 데려다 주는 줄 알았지. 그런데 이제부터 우리들과 함께 살 거니?"

"아뇨, 길에서 무엇을 잃어버려서 찾으러 가야 해요."

운전기사는 어찌 되었든 집으로 가야 했기 때문에 잘된 일이었다.

지지의 집 앞에 도착하자 모모는 차에서 내려 곧장 그 근방을 샅샅이 뒤지기 시작했다.

"카시오페이아! 카시오페이아!"

모모는 몇 번이고 나직한 소리로 불러 보았다.

"도대체 뭘 찾고 있니?"

운전기사가 차창으로 얼굴을 내밀고 물었다.

"호라 박사의 거북이에요. 카시오페이아라는 이름인데, 언제나 30분 앞일을 내다봐요. 그리고 등에 글자가 나타나요. 무슨 일이 있어도 난 그 거북을 찾아야 해요. 도와주시겠어요?"

"그런 농담할 시간이 없어!"

그는 투덜거리며 대문 안으로 차를 몰고 들어갔고 그 즉시 대문이 쾅 하고 닫혔다.

모모는 하는 수 없이 혼자서 찾았다. 거리를 끝에서 끝까지 살살이 뒤졌는데도 카시오페이아는 눈에 띄지 않았다.

'어쩌면 원형극장으로 돌아가고 있는 중인지도 몰라.'

모모는 이렇게 생각했다.

그래서 모모는 아까 왔던 길을 천천히 되돌아갔다. 가는 도중에 집집마다 담 구석을 살펴보고 거리의 도랑마다 들여다보았다. 몇 번이고 거북의 이름을 불렀다. 그러나 거북은 아무 데도 없었다.

모모는 밤이 이슥해서야 겨우 원형극장 옛 터로 돌아왔다. 이곳에서도 어둠을 헤치고 구석구석 세심하게 찾아보았다. 어쩌면 기적이라도 일어나 거북이 먼저 돌아와 있을지도 모른다는 희미한 기대를 걸었지만, 그 느린 걸음으로는 그런 일을 기대할 순 없었다.

모모는 침대로 기어들어갔다. 처음으로 진짜 외토리가 되었다.

다음주도 그리고 또 그 다음주도 모모는 도로청소부 베포를 찾으러 정처없이 대도시의 거리를 헤매며 하루하루를 보냈다. 그가 있는 곳을 아는 사람이 한 명도 없어서, 모모로서는 어디서든지 갑자기 만나게 될 우연에 희망을 걸 수밖에 없었다. 물론 엄청나게 큰 도시에서 두 사람이 우연히 만날 것을 기대한다는 것은, 넓디넓은 바다에서 조난당한 사람이 병에 편지를 넣어 파도 속에 던지면서 어딘가 먼 해안에서 건져지기를 기대하는 것처럼 극히 불가능한 일이었다.

그러나 모모는 서로가 아주 가까운 곳에 있을지도 모른다고 자기 자신에게 말했다. 그녀가 막 지나간 장소에 베포가 한 시간 전에, 1분 전에, 아니 어쩌면 바로 금방까지도 있었던 경우가 얼마나 자주 일어날는지는 아무도 모를 일이었다. 또는 그와 반대로, 그녀가 지나간 이 광장, 저 거리의 모퉁이를 금방 또는 한참 후에 베포가 모습을 나타내게 되는 일도 얼마나 자주 일어나는지 모를 일이었다. 그래서 모모는 자주 같은 장소에 몇 시간이고 서 있었다. 하지만 역시 언제나 다시 터덜터덜 돌아와야만 했다. 아주 짧은 시간차로 기회를 놓치는 일도 역시 있을 수 있기 때문이다.

이럴 때 카시오페이아가 있었다면 얼마나 도움이 될까! "기다려!" 또는 "앞으로 가!"라고 가르쳐 주었을 텐데. 그러나 지금 모모는 어떻게 해야 할지 전혀 몰랐다. 한 곳에 서서 기다리면 그 때문에 베포를 만나지 못한 것이 아닐까 하여 걱정이 되고, 돌아다니며 찾을 때에는 그래서 어긋날 것만 같아 걱정스러웠다.

모모는 원형극장으로 놀러 왔던 아이들도 만나게 되지 않을까 하고 찾아보았지만 한 명도 만날 수가 없었다. 도대체 거리에서는 아이들의 모습을 볼 수가 없었다. 그제야 모모는 아이들은 지금 모두 어느 곳엔가 수용되어 있다는 니노의 말을 생각해 냈다.

모모는 경찰관이나 어른들에게 잡혀 '탁아소'로 끌려간 일이 아직 한 번도 없었다. 회색 사나이들이 몰래 숨어서 빈틈없이 감시를 한 탓이다. 그렇게 하지 않으면 모모에 대한 그들의 계획이 어긋나 버리기 때문이었다. 그러나 모모는 그 점에 관해서는 전혀 알 리가 없었다.

매일 한 번씩 모모는 니노 집에 식사를 하러 갔다. 하지만 니노와 처음 만났을 때보다 더 많은 얘기를 나눌 수는 없었다. 니노는 언제나 한결같이 바빠서 전혀 시간을 낼 수가 없었다.

일주일이 한 달이 되고 또 몇 달이 되었다. 그러나 모모는 여전히 혼자였다.

언젠가 딱 한 번, 저녁때 다리 난간에 앉아 있던 모모는 멀리 다른 다리 위에서 허리가 굽어지고 몸집이 작은 사람의 모습을 보았다. 그 사람은 마치 목숨이라도 걸린 중요한 일인 양 성급하게 빗자루를 휘두르고 있었다. 베포임에 틀림없다고 생각한 모모는 큰 소리로 부르면서 손을 흔들었지만, 상대는 잠시도 쉬지 않았다. 모모는 부리나케 달려갔다. 그러나 그 다리에 이르렀을 때에는 이미 그의 모습은 아무 데도 보이지 않았다.

"틀림없이 베포 할아버지가 아니었을 거야. 그래, 틀림없이 아니야. 베포 할아버지의 비질은 내가 알고 있어."

모모는 자신을 달래듯 혼잣말을 했다.

모모는 원형극장 옛 터의 집에 그냥 남아 있을 때도 많았다. 어쩌면 모모가 돌아왔는지를 알아보러 베포 할아버지가 들를지도 모른다는 희망이 때때로 불쑥불쑥 솟아났기 때문이다. 만일 그때 내가 없다면 아직도 행방불명이라고 생각할 것임에 틀림없었다. 그러나 이렇게 원형극장에 머물러 있어도 역시 걱정이 되어 괴로웠다. 내가 집을 비운 사이에 베포 할아버지가 오지 않았을까, 일주일 전이나 혹은 바로 어제! 그래서 모모는 기다렸다. 하지만 그것 또한 헛일이었다. 마침내 모모는 방 벽에 큰 글씨로 "내가 돌아왔어요!"라고 써놓았다. 그러나 모모말고 누구 한 사람 그것을 읽은 적이 없었다.

그러나 단 한 가지 이러한 시간 중에서도 모모로부터 떠나지 않은 것이 있었다. 호라 박사의 집에서 지냈을 때의 기억, 저 꽃들과 음악에 대한 생생한 기억이 그것이었다. 눈을 감고 자신의 마음에 가만히 귀를 기울이면 저 찬란한 색깔의 아름다운 꽃들이 눈앞에 떠올랐고, 많은 음악소리가 들려왔다. 그리고 첫날과 똑같이 그 가사와 멜로디를 따라 부를 수 있었다. 비록 이 가사와 멜로디는 날마다 끊임없이 새롭게 바뀌어 결코 똑같은 적이 없었지만.

모모는 곧잘 하루 종일 돌계단에 앉아 혼자서 그 말을 하고 노래를 불렀다. 귀를 기울여 준 것은 나무와 새들 그리고 폐허의 돌들뿐이었다.

외로움에는 여러 가지가 있다. 하지만 모모가 겪은 외로움은 불과 몇 안 되는 사람만이 알고 있는 외로움으로, 더구나 이와 같이 격렬하게 밀려오는 외로움을 알고 있는 자는 거의 없을 것이다.

모모는 자신이 마치 헤아릴 수 없을 만큼 보물이 가득 찬 동굴 속에 갇혀 있는 듯한 느낌이 들었다. 게다가 그 보물은 점점 불어나 그녀는 곧 숨을 쉴 수 없게 될 것만 같았다. 그런데 나갈 문이 없는 것이다! 누구도 그녀를 살려주려고 들어올 수 없었고, 모모도 자신이 그 안에 있다고 밖에 알릴 수도 없었다. 그렇게 그녀는 시간의 숲속에 깊이 파묻혀 버린 것이다.

이따금 저 음악을 듣지 않고 저 색깔을 보지 않았더라면 좋았을걸 하고 생각할 때도 있었다. 하지만 만일 누군가 그 기억을 지워버리자고 한다면, 그녀는 어떠한 대가를 치르더라도 역시 싫다고 대답했을 것이다. 왜냐하면 지금 그녀는 깨달았기 때문이다. 즉 이 세상에는 다른 사람과 나누지 않는다면, 그것을 가짐으로써 파멸해 버릴 수 있는 보물이 있다는 것을.

이틀이 멀다 하고 모모는 지지의 집으로 가서 정원문 앞에서 한참을 기다리곤 했다. 지지를 다시 한 번 만나고 싶었다. 이제는 지지의 제안대로 하겠다고 생각했기 때문이다. 그와 함께 살며 그의 이야기에 귀기울이고 그에게 이야기하고 싶었다. 옛날처럼 될 수 있든 없든 간에. 그렇지만 대문은 굳게 닫혀진 채 한 번도 열리지 않았다.

이렇게 힘겹게 보낸 시간은 겨우 2, 3개월에 불과했다. 그러니 모모로서는 이제까지 겪었던 어떤 시간보다도 긴 시간이었다. 시간이라는 것은 정말로 시계나 달력으로는 잴 수가 없는 것이다.

이와 같은 외로움에 대해서 완벽하게 표현한다는 것은 불가능하다. 다만 이렇게 한 가지만 더 얘기하는 것으로 족할는지 모른다. 만일 호라 박사에게 가는 길을 찾을 수 있다면—그녀는 몇 번이고 찾아보았다—그녀는 호라 박사에게 뛰어가서, 이제는 시간이 필요치 않으니까 더 나눠 주는 것은 그만둬 달라고 부탁하든지 또는 '초공간의 집'인 호라 박사의 집에 영원히 머무르게 허락해 달라고 부탁했을 것이다.

하지만 카시오페이아가 없으면 그 길을 찾을 수 없었다. 그런데 카시오페이아는 사라진 후 아직도 나타나지 않고 있었다. 어쩌면 거북은 이미 호라 박사에게 가버렸는지도 모를 일이었다. 혹은 어디에선가 길을 잃었는지도 모른다. 어쨌든 카시오페이아는 그때 이후 모습을 나타내지 않았다.

카시오페이아와의 만남 대신에 전혀 엉뚱한 일이 벌어졌다.

어느 날 모모는 전에 자주 자기를 찾아왔던 세 어린이를 시내에서 만났던 것이다. 파올로와 프랑코 그리고 어린 여동생 데데를 데리고 오던 여자아이 마리아였다. 그들은 모두 아주 많이 변해 있었다. 똑같이 회색 제복 같은 것을 입고, 얼굴엔 이상하게도 생기가 없이 딱딱한 표정이었다. 모모가 환성을 지르며 불러도 그들은 거의 미소도 짓지 않았다.

"너희를 얼마나 찾았다고! 지금 나와 함께 안 갈래?"

모모가 숨가쁘게 말했다.

세 아이는 서로 얼굴을 마주 보더니 고개를 저었다.

"그러면 내일은? 아니면 모레?"

다시금 세 아이는 고개를 가로저었다.

"얘들아, 꼭 다시 놀러 와! 전에는 늘 왔었잖니."

"전에는 그랬지! 하지만 지금은 모든 게 변해 버렸어. 이제 우리들은 쓸데없이 시간을 낭비할 수 없게 되었어."

파올로가 대답했다.

"우리는 이제까지 그러지 않았잖아."

모모가 말했다.

"그래, 그때는 참 재미있었어. 하지만 이제는 그런 일은 할 수 없게 되었거든."

마리아가 말했다.

세 어린이는 빠르게 걷기 시작했다. 모모는 그들 곁을 빠른 걸음으로 따라가면서 물었다.

"지금 도대체 어디로 가니?"

"놀이 시간이야. 거기서 놀이를 배우는 거야."

프랑코가 대답했다.

"그건 무슨 놀이인데?"

"오늘 하는 것은 펀치 카드 놀이야. 굉장히 유익한 놀이야. 그렇지만 대단한 주의력이 필요해. 정신을 똑바로 차려야 해."

파올로가 설명했다.

"어떻게 하는 건데?"

"우리 모두가 각자 펀치 카드를 만들어. 어느 카드에나 여러 가지 사항이 가득 적혀 있지. 키, 나이, 몸무게 등. 그 외에도 많은 것이. 그렇지만 물론 진짜 자신의 것은 절대 아니야. 그러면 너무 쉬우니까. 어떨 땐 이름 대신 기다란 숫자로 표시하기도 해. 예를 들면 MUX/763/y처럼 말야. 그러고 나면 카드를 모두 잘 섞어서 카드함 속에 넣어. 그리고 우리들 중 한 아이가 거기에서 정해진 카드를 찾아내는 거야. 그 아이는 질문을 하면서 다른 카드를 빼버리고 마지막에 정했던 카드가 한 장만 남도록 해야 해. 이걸 가장 빨리 하는 아이가 이기는 거야."

"그런 놀이가 재미있니?"

모모는 의아해서 물었다.

"재미는 중요하지 않아. 그렇게 말해서는 안 돼."

마리아가 겁먹은 듯이 말했다.

"그럼 대체 뭐가 중요한 거니?"

"문제는, 장래에 도움이 된다는 거야!"

파올로가 대답했다.

그러는 동안에 모두 다 커다란 회색 건물 문앞에 이르렀다. 입구 문 위에 '탁아소'라고 쓰여 있었다.

"너희들한테 할 말이 참 많았는데."

모모가 말했다.

"언제 다시 만날 수 있을 거야."

마리아가 서글프게 대답했다.

주위에는 많은 아이들이 있어 그 문을 통해 안으로 들어가고 있었다. 어느 아이나 다 모모의 세 친구들과 닮은 옷차림과 표정이었다.

"너한테서 놀 때가 훨씬 즐거웠어."

프랑코가 불쑥 말을 던졌다.

"그땐 우리끼리 여러 가지 생각을 해냈지. 그렇지만 그래서는 아무것도 배우지 못한다는 거야."

"그럼 그냥 도망쳐 나올 수 없니?"

모모가 제안해 보았다.

세 어린이는 고개를 흔들며 누가 듣지나 않았나 하고 주위를 두리번거렸다.

"처음에는 몇 번 그래 봤었지. 그래도 허사였어. 항상 다시 잡혀 왔는걸."

프랑코가 소곤소곤 말했다.

"그렇게 말하면 안 돼. 어쨌든 그들은 지금 우리들을 돌봐주고 있잖니."

마리아가 끼어들었다.

모두 다 입을 다물고 멍하니 앞을 바라보고 있었다. 드디어 모모는 마음을 정하고 이렇게 물었다.

"그럼 나도 함께 데려가 주지 않겠니? 난 지금 혼자야."

그러나 그때 참으로 기괴한 일이 벌어졌다. 세 아이가 뭐라고 대답하기도 전에, 그들은 마치 매우 강력한 자력磁力에 끌려가듯 건물 안으로 빨려들어가 버린 것이다. 그 다음 순간 문은 꽝 소리를 내며 닫혔다.

모모는 깜짝 놀라서 그 장면을 바라보았다. 그래도 잠시 후 그녀는 초인종을 누르거나 노크를 해보려고 문으로 다가갔다. 어떤 놀이건 자기도 같이 놀게 해달라고 다시 한 번 부탁해 볼 작정이었다. 그러나 한발짝 떼어놓기도 전 그녀는 가슴이 철렁 내려앉으며 그 자리에 얼어붙어 버렸다. 자기와 문 사이에 갑자기 회색 사나이가 나타난 것이다.

"헛수고야!"

그 사나이는 입에 시가를 물고 엷은 미소를 띄우며 말했다.

"이제 그런 짓은 하지 마! 네가 저 안에 들어가면 우리들이 곤란해지니까."

"왜요?"

모모는 물었다. 또다시 얼어붙는 듯한 냉기가 온몸을 감싸는 것을 느꼈다.

"네가 해야 할 또 다른 일이 있거든."

회색 사나이는 그렇게 말하고는 동그랗게 연기를 내뿜었다. 그것은 뱀처럼 모모의 목을 감고는 좀처럼 사라지지 않았다.

옆을 지나가는 사람들이 많이 있었지만 한결같이 바쁜 듯이 걸어가 버렸다.

모모는 회색 사나이를 손가락질하면서 구원을 청하려고 했지만 말소리가 나오지 않았다.

"집어치워!"

회색 사나이는 이렇게 외치면서 거친 잿빛 웃음소리를 내었다.

"아직도 우리를 몰라보니? 우리가 얼마나 힘이 강한지 아직도 몰라? 우리들은 너에게서 친구들을 모두 빼앗았어. 이제 널 구해 줄 놈은 아무도 없어. 그리고 우린 너도 뜻대로 할 수 있지. 그렇지만 보다시피 이렇게 너그럽게 대하고 있잖니."

"왜요?"

모모는 가까스로 말을 짜내었다.

"네가 우리를 위해 조그마한 일을 해주었으면 해서지. 말만 잘 들으면 감사의 표시로 선물을 듬뿍 줄게. 그리고 네 친구도 돌려주지. 어때, 해보겠니?"

"예."

모모는 기어들어가는 소리로 대답했다.

회색 사나이가 히죽이 웃었다.

"그럼 오늘밤에 만나서 얘기를 하자."

모모는 말없이 고개를 끄덕였다. 그러나 그때는 이미 회색 사나이는 황급히 사라지고 없었다. 시가 연기만이 희미하게 공중에 맴돌고 있을 뿐이었다. 회색 사나이는 오늘밤 어디서 만나자는 말도 하지 않았다.

큰 불안과 보다 큰 용기

모모는 원형극장 옛 터로 돌아가기가 무서웠다. 한밤중에 만나자고 했던 회색 사나이가 분명히 그곳으로 올 것이다.

그와 단둘이 그곳에서 마주 앉게 된다고 생각하니 소름이 끼쳤다.

싫어. 모모는 두 번 다시 그를 만나고 싶지 않았다. 그곳에서든 다른 곳에서든 싫었다. 그가 어떠한 제안을 해온다 해도 그것이 모모에게나 친구들에게 정말로 좋은 제안이 될 리가 없다는 것은 너무나도 뻔한 일이었다.

하지만 어디로 도망쳐 숨을 수 있단 말인가?

가장 안전한 방법은 수많은 사람들 속으로 뒤섞여 들어가는 것이라고 생각했다. 아까 분명히 회색 사나이와 그녀에게 주의를 기울이는 사람이 없었음을 경험했으면서도, 회색 사나이가 무슨 행동을 취하는 경우 큰 소리로 "살려줘요!" 하고 소리치면

반드시 주위 사람들이 알아채고 도와줄 거라고 생각했다. 그리고 굉장히 많은 군중 틈에 끼어 있으면 그들에게 발견되지 않을 것이라고 모모는 스스로를 위로했다.

그날 오후부터 밤까지 계속 모모는 사람들 틈에 끼어 시내의 번잡한 거리와 광장을 이곳저곳 걸어다녔다. 그러다 보니 한 바퀴 돌아서 다시 제자리로 오게 되었다. 모모는 처음부터 다시 두 번 세 번 돌았다. 끊임없이 쫓기듯 서둘러 걸어가는 많은 사람들 사이로 몸을 숨기고 그 흐름대로 맡겨버렸다.

그러나 이렇게 하루 종일 쉬지 않고 걷다 보니 지쳐서 다리가 무척 아파왔다. 밤은 점점 깊어갔다. 모모는 반쯤 잠이 든 채 계속 걸었다. 앞으로, 앞으로, 앞으로……

'잠시라도 좋으니 쉬고 싶어. 잠깐만이라도. 그러면 머리가 다시 맑아질 텐데…….'

모모는 쉬고 싶은 생각이 간절했다. 마침 길가에 삼륜차가 한 대 세워져 있었다. 짐받이에는 여러 가지 자루와 상자들이 잔뜩 실려 있었다. 모모는 그곳으로 기어올라가서 자루에 기대어 앉았다. 자루는 푹신해서 기분이 좋았다. 모모는 지친 다리를 세워서 스커트 속으로 감추었다. 아, 정말 편하구나! 안도의 한숨을 내쉬고는, 지친 그녀는 자루에 기댄 채 자신도 모르게 깜빡 잠이 들어버렸다.

그녀는 악몽에 시달렸다. 베포 할아버지가 보였다. 그는 빗자루로 균형을 잡으면서, 시커먼 입을 벌린 지옥 위에서 줄타기를 하고 있었다.

"줄 끝은 어디지? 안 보이는데!"

몇 번이고 외치는 베포 할아버지의 목소리가 들려왔다.

줄은 참으로 끝없이 길어서 양끝이 어둠 속에 묻혀 보이지 않았다.

모모는 베포를 구해 주고 싶어서 안절부절못했지만, 자기가 여기 있다는 것조차 알릴 수가 없었다. 그는 그토록 멀고 높은 곳에 있었던 것이다.

다음에는 지지가 나타났다. 그는 입에서 길고 긴 종이 테이프를 뽑아내고 있었다. 뽑아내고 뽑아내도 테이프는 끝나지 않았고 끊어지지도 않았다. 지지의 발밑에는 어느새 종이 테이프가 산더미처럼 쌓였다. 그는 애원하는 듯한 눈으로 이쪽을 바라보는데, 모모가 도와주러 오지 않으면 숨을 쉴 수 없게 된다고 호소하는 듯했다.

모모는 그에게 달려가려 했다. 하지만 종이 테이프에 발목이 걸려버렸다. 더구나 빠져나오려고 애를 쓰면 쓸수록 테이프 속으로 짐짐 더 얽혀들었다.

그 다음에는 아이들이 보였다. 아이들은 모두 다 트럼프 카드처럼 납작한 모양이었다. 그리고 카드마다 표본대로 작은 구멍이 뚫려 있었다. 카드는 뒤섞여지고 다시 가지런히 정돈되어 새로운 구멍이 뚫렸다. 카드가 되어버린 아이들은 소리도 없이 울고 있었다. 그러나 금세 다시 뒤섞여지고 서로 포개어지고 쓰러지면서 틱틱 차르르 차르르 소리를 냈다.

"그만둬! 그만둬요!"

모모가 외치려 애썼다. 그러나 그녀의 가느다란 음성을 지워 버리려는 듯 카드를 치는 그 소리는 점점 커져갔고, 마침내 굉장한 소리가 되었다. 모모는 드디어 그 소리에 잠이 깼다.

처음에는 자기가 어디에 있는지 알 수가 없었다. 주위는 칠흑같이 어두웠다. 잠시 후 모모는 자신이 아까 트럭에 올라탔던 것을 생각해 냈다. 지금 그 트럭이 달리고 있었고 시끄러운 소리는 바로 그 트럭의 모터소리였던 것이다.

모모는 아직도 눈물에 젖어 있는 볼을 비볐다.

그런데 도대체 여기가 어디람? 그녀가 모르는 새에 트럭은 이미 상당히 오랫동안 달려온 것 같았다. 근처의 도시 풍경은, 이런 밤중이면 죽음의 거리처럼 느껴진다. 길거리에는 사람의 그림자 하나 없었고 고층 빌딩만 새까맣게 줄지어 서 있었다.

트럭의 속도는 그다지 빠른 편이 아니어서 모모는 잘 생각해 보지도 않고 훌쩍 뛰어내렸다. 회색 사나이로부터 몸을 숨기기에 가장 안전한 번화가로 돌아가려는 것이었다. 하지만 그 순간 조금 전에 꾼 꿈을 생각하고 그녀는 그 자리에 우뚝 멈춰섰다.

트럭 소리는 어두운 거리에서 점점 멀어지더니 조용해졌다.

모모는 이제 도망치려는 생각이 사라졌다. 사실 지금까지 도망쳐 돌아다닌 것은 자신의 안전을 위해서였다. 지금까지 줄곧 자기 자신만을, 자기 자신의 외로움만을, 자기 자신의 불안만을 생각했던 것이다! 그런데 사실상 진짜로 위험에 빠져 있는 쪽은 자기의 친구들이 아닌가. 그들을 구할 수 있는 사람이 있다면, 그것은 바로 모모뿐이었다. 친구들을 자유롭게 해달라고 회색 사나이들을 설득할 수 있는 가능성이 조금이라도 있다면, 적어도 할 수 있는 데까지는 해봐야 한다.

여기까지 생각이 미쳤을 때, 모모는 갑자기 자기 자신 속에서 신비스럽게도 변화가 일어난 것을 느꼈다. 불안과 외로움이 너무 커져 극에 달하자 그러한 감정이 갑자기 정반대의 것으로 변화를 일으킨 것이다. 이제 모모는 용기와 자신감에 넘치고, 아무리 무서운 것을 만나더라도 지지 않을 것만 같은 기분이 되었다. 더 정확하게 표현한다면, 자기에게 어떠한 일이 닥쳐와도 이젠 하나도 겁이 나지 않았다.

이제 모모는 스스로 회색 사나이를 찾아야겠다는 생각이 들었다. 반드시 만나야 했다.

'지금 당장 원형극장으로 가야지.'

그녀는 혼자 중얼거렸다.

'이미 늦었을까? 아니야, 어쩌면 그가 아직 나를 기다리고 있을지도 몰라.'

그렇게 결심은 했지만 이제 돌아가는 것이 문제였다. 지금 있는 곳이 어딘지를 몰라 어느 방향으로 가야 할지 도무지 짐작도 가지 않았다. 모모는 모든 걸 운에 맡기고 마음이 끌리는 방향을 잡아 걷기 시작했다.

쥐죽은 듯이 조용한 어두운 거리를 그녀는 쉬지 않고 걸었다. 맨발이기 때문에 발소리는 전혀 나지 않았다. 새로운 길이 나타날 때마다 방향을 잡을 수 있도록 해줄 만한 것이 보이지 않을까, 전에 보았던 것이 뭔가 눈에 띄지나 않을까 하고 두리번거렸지만 헛일이었다. 누군가에게 물어볼 수도 없었다. 도중에 만난 것 중 유일하게 살아 있는 것이라고는 쓰레기통에서 먹이를 뒤지고 있는 말라빠진 개뿐이었는데, 그놈조차 그녀가 다가가자 겁에 질려 도망쳐 버렸다.

드디어 모모는 엄청나게 넓고 텅 빈 광장에 이르렀다. 나무나 분수가 있는 아름다운 광장이 아니라 그저 넓기만 한 빈 터였다. 다만 저 멀리 광장 끝 쪽에 검은 집들이 밤하늘을 배경으로 우뚝 솟아 있을 뿐이었다.

모모는 그 광장을 가로질러 갔다. 한가운데쯤 갔을 때 어딘가 꽤 가까운 곳에서 탑시계가 시각을 알렸다. 시곗소리는 여러 번 울렸다. 어쩌면 벌써 12시가 된 것인지도 모른다. 만약 회색 사나이가 원형극장에서 자기를 기다리고 있다면 시간에 맞춰 가기는 이미 틀렸다고 모모는 생각했다. 사나이는 목적을 이루지 못하고 돌아가 버릴 것이다. 그러면 친구들을 구할 기회를 놓치게 된다. 어쩌면 단 한 번밖에 없을지도 모르는 기회를!

모모는 수먹을 쥐었다. 어떻게 한담? 이제 와서 무엇을 한단 말인가? 그녀는 어찌할 바를 몰랐다.

"나 여기 있어요!"

모모는 어둠을 향해 있는 힘을 다해 큰소리로 외쳤다. 그 소리가 회색 사나이에게 들리리라고 기대한 것은 아니었지만, 그녀의 행동은 원하는 결과를 얻었다.

마지막 종소리가 채 사라지기도 전에 여기저기서, 이 엄청나게 큰 광장으로 통하는 길이란 길에서 일제히 희미한 불꽃이 나타나더니 눈 깜짝할 사이에 밝아졌던 것이다. 그것은 수많은 자동차 헤드라이트였다. 자동차는 사방에서 모모가 서 있는 광장 한복판을 향해 천천히 다가오고 있었다. 어느 방향으로 몸을 돌려도 눈부시게 강한 불빛 때문에 모모는 손으로 눈을 가려야 했다. 회색 사나이들이 나타난 것이다!

하지만 이렇게 많이 한꺼번에 몰려오리라고는 생각지도 못했다. 한순간 모모는 좀전의 용기가 사라져 버렸다. 하지만 이렇게 완전히 포위되어 도망칠 수도 없었으므로, 그녀는 헐렁한 남자 저고리 속으로 손발을 넣고 될 수 있는 한 몸을 웅크렸다.

그러나 그때 모모는 그 꽃들과 장엄한 음악소리를 떠올렸다. 그러자 금세 두려움이 사라지고 다시 힘이 솟는 듯했다.

나직이 모터를 붕붕거리면서 자동차들은 점점 가까이 다가왔다. 마지막에는 서로 닿을 정도로 가까이 와서 모모를 중심으로 원을 그리듯이 늘어서서 멈추었다.

회색 사나이들이 차에서 내렸다. 대체 몇 명이나 되는지 알 수가 없었다. 그들은 모두 헤드라이트 뒤쪽 어둠 속에 서 있었기 때문이다. 하지만 많은 시선이 이쪽을 바라보고 있다는 것을 느낄 수 있었다. 호의라고는 털끝만큼도 없는 시선이었다. 모모는 추위를 느꼈다.

꽤 오랫동안 아무도 입을 열지 않았다. 모모도, 회색 사나이들도.

이윽고 회색 사나이의 목소리가 울려왔다.

"이 아이가 모모라는 계집앤가? 감히 우리들한테 도전할 수

있다고 생각했던 그 아이란 말이지. 이 초라한 모습을 잘들 보라구!"

이 말에 소란스러워졌다. 멀리서 들으면 여러 사람의 웃음소리 같은 웅성거림이었다.

"조심하시오! 이 아이가 우리들에게 얼마나 위험한 존재인지 모두 알고 있잖소. 이 아이를 슬쩍 속이려는 건 소용없는 짓이오."

숨을 죽인 다른 회색 사나이의 소리가 들렸다.

모모는 가만히 귀를 기울였다.

"그럼 좋소."

첫번째와 같은 음성이 헤드라이트 저쪽 어둠 속에서 다시 들려왔다.

"그럼 진실을 가지고 이야기해 봅시다."

다시 긴 침묵이 흘렀다. 모모는 회색 사나이들이 진실을 말하는 것을 두려워하고 있음을 알아챘다. 그들은 진실을 말하는데 엄청난 노력을 필요로 하는 모양이었다. 여러 사람의 목구멍에서 매우 괴로운 듯 쥐어짜는 것 같은 소리가 들려왔다.

겨우 한 사람이 말문을 열었다. 아까와는 다른 방향에서 들려왔지만 역시 잿빛 음성이었다.

"그럼 우리 솔직하게 말해 보자. 너는 가련하게도 외토리다, 꼬마야. 네 친구들은 네 손이 닿지 않는 곳에 있어. 넌 시간을 나누어 주고 싶지만, 그럴 상대가 없지. 이것은 모두 우리가 계획한 일이다. 우리의 힘이 얼마나 막강한지 이제 알겠지? 반항

해 봐야 소용없어. 남아 돌아갈 정도로 많은 시간을 부둥켜안고 있어도 지금 네게 무슨 소용이 있니? 그것은 네 마음을 억누르는 저주요, 너의 숨통을 막아버리는 짐이요. 너를 집어삼키는 바다요, 너를 태워버리는 고통이야. 넌 모든 인간들로부터 격리되어 버렸어.”

모모는 말없이 듣고만 있었다.

“언젠가는 네가 더 이상 견딜 수 없는 순간이 올 거야. 내일이든, 일주일 후든 또는 일년 후든. 우린 언제라도 좋아. 마냥 기다리면 되니까. 언젠가는 네가 틀림없이 기어들어와 ‘뭐든지 하겠어요, 제발 이 무거운 짐에서 해방시켜 주세요!’ 라고 말할 것이 뻔하니까. 아니면 지금이라도 그럴 생각이니? 그럼 그냥 말만 하면 된다.”

모모는 고개를 가로저었다.

“우리의 도움을 받고 싶지 않니?”

그 음성은 싸늘하게 울렸다.

한기의 파도가 사면팔방에서 밀려왔지만 그녀는 이를 악물고 다시 고개를 가로저었다.

“이 꼬마는 시간이 무엇인지 알고 있는 거야.”

누군가가 수군거렸다.

“그건 이 꼬마가 그 문제의 인물한테 갔었다는 증거요.”

첫번째 음성이 역시 수군거리듯 말했다. 그 소리는 이번에는 모모를 향해 큰 소리로 물었다.

“호라 박사를 알고 있니?”

모모는 고개를 끄덕였다.

"그럼 실제로 그가 있는 곳에 갔었단 말이지?"

모모는 또다시 끄덕였다.

"그럼 저 시간의 꽃을 알겠구나?"

모모는 세번째로 고개를 끄덕였다. 아아, 그 꽃이라면 얼마나 잘 알고 있는가!

다시 한동안 침묵이 계속되었다. 그러더니 다시금 다른 방향에서 음성이 들려왔다.

"너는 네 친구들을 사랑하고 있지, 그렇지?"

모모는 고개를 끄덕였다.

"친구들을 우리 손에서 되찾아가고 싶지?"

다시금 모모는 고개를 끄덕였다.

"너만 원한다면 그렇게 할 수 있어."

모모는 저고리를 꼭꼭 여몄다. 추위로 온몸이 더 떨려왔던 것이다.

"친구를 구하려면 넌 정말 아주 작은 일 한 가지만 하면 돼. 우리가 네게 한 가지 일을 해주고 네가 그 답례로 우릴 도와주는 거야. 그야말로 정당한 거래지."

모모는 소리가 나는 쪽을 쏘아보았다.

"말하자면 우리는 그 호라 박사를 한 번 직접 만나보고 싶은 거야. 알겠니? 하지만 우린 그가 어디 있는지 모른단다. 그러니 네가 그곳으로 우릴 안내해 주면 되는 거야. 네가 할 일은 그것뿐이야. 모모, 잘 들어봐. 우리가 지금 너와 솔직히 가슴을 터놓고 얘기하는 것은 너도 알겠지? 그 대신 우린 네게 친구들을 돌려주겠다. 다시 옛날처럼 모두 함께 즐겁게 지낼 수 있게 말이야. 이만하면 아주 괜찮은 제안이지!"

이때 처음으로 모모가 입을 열었다. 추위 때문에 입술이 얼어붙어 얘기하는 것이 몹시 힘들었다.

"호라 박사님을 만나 뭘 하려는 거예요?"

그녀가 천천히 물었다.

"서로 알고 지내고 싶어서지. 너한테는 그 이상 말할 수 없어."

그 소리가 날카롭게 돌아오자 추위는 점점 더해 갔다.

모모는 잠자코 서서 기다렸다. 그러자 회색 사나이들이 술렁거리기 시작했다. 모두 초조해진 모양이었다.

"알아듣지 못한 모양이구나. 너와 네 친구들을 생각해 봐! 왜 호라 박사를 걱정하니? 그의 일은 그에게 맡기면 돼. 그는 자기 일은 알아서 할 만큼 어른이니까. 그리고 박사가 현명해서 우리 제안을 거절하지 않으면 우리는 그에게 손가락 하나 대지 않겠다. 만약 거절할 경우에는 힘을 써서라도 억지로 받아들이게 할 방법이 빈틈없이 준비되어 있지."

잿빛 음성이 다시 말했다.

"무엇을 억지로 한다는 건가요?"

모모는 새파래진 입술로 물었다.

갑자기 잿빛의 그 목소리는 긴장의 극에 달한 듯이 날카롭게 귀청을 울렸다.

"우리들은 한 사람 한 사람으로부터 1초, 1분, 1시간씩 시간

을 긁어 모으는 데 진절머리가 난다. 그래서 모든 사람의 시간
을 통째 받고 싶단다. 호라 박사한테 그것을 우리에게 달라고
할 거야!"

모모는 깜짝 놀라서 소리가 나는 어둠 속을 뚫어지게 바라보
았다.

"그러면 사람들은 어떻게 되지요?"

"인간들은 이미 오래 전부터 필요없는 존재가 되고 있어."

째지는 듯한 음성이 들려왔다.

"이 세상에 더 이상 인간이 발붙일 데가 없게 만들어 버린 것
은 바로 인간들이란다. 이제 우리가 이 세계를 지배할 거야!"

추위가 너무나 극심해져서 모모는 입술을 움직이는 것조차
힘겨웠다. 아무리 애를 써도 말이 나오지 않았다.

"하지만 걱정할 건 없어, 모모."

갑자기 다시 조용해진 소리가 아주 비굴하게 들려왔다.

"물론 너랑 네 친구들은 예외야. 너희들은 뛰어놀며 서로 이
야기를 주고받는 마지막 인간들이 될 것이다. 우리들이 하는 일
에 간섭만 하지 않는다면 우리는 너희들에겐 아무 짓도 하지 않
을 거야."

그 음성이 말을 마쳤다. 하지만 이번엔 곧 다른 방향에서 말
이 들려왔다.

"우리가 진실을 말하는 것은 알겠지? 약속은 지키겠다. 그러
니 우리를 호라 박사가 있는 곳으로 안내해 다오."

모모는 입을 열려고 애를 썼다. 하지만 추위가 생각하는 힘

까지 앗아가 버릴 지경이었다. 몇 번이고 애를 쓴 끝에 모모는
가까스로 말을 끄집어냈다.

"만약 할 수 있다 해도 안내하지 않겠어요."

어디선가 위협하는 투의 소리가 들려왔다.

"만약 할 수 있다 해도라니, 그게 무슨 뜻이지? 넌 분명히 할
수 있을 거야! 호라 박사한테 갔었잖아. 그렇다면 길을 알고 있
을 게 아냐!"

"잊어버렸어요. 찾으려고도 해봤어요. 그 길을 알고 있는 것
은 카시오페이아뿐이에요."

모모는 힘없이 말했다.

"그게 누구냐?".

"호라 박사의 거북이에요."

"지금 어디 있지?"

모모는 거의 의식을 잃은 상태로 굳어진 혀로 말했다.

"거북은…… 같이…… 돌아왔어요…… 그런데…… 없어졌어
요……놓쳐 버렸어요…….."

주위에서 흥분해서 떠드는 소리가 아득히 멀리서 들리는 것
같았다.

"즉시 긴급 경보를 내려라! 그 거북을 찾아야 한다. 모든 거
북을 조사하라! 무슨 일이 있어도 그 거북을 찾아내야 한다! 반
드시 찾아야 한다! 반드시!"

잿빛소리는 점점 사라지더니 조용해졌다. 조금씩조금씩 모
모는 정신을 되찾았다. 그녀는 널따란 광장에 혼자 서 있었다.

그 위를 텅빈 공간에서 불어오는 듯한 차가운 바람이 다시 한 번 휘몰아쳤다. 그것은 잿빛 바람이었다.

앞만 보고 뒤돌아보지 않으면

얼마나 시간이 흘렀을까. 탑시계가 몇 번이나 시각을 알렸지만 모모의 귀에는 전혀 들리지 않았다. 얼어붙은 팔다리에 서서히 온기가 돌아오고 있었다. 머리는 마치 마비된 듯 흐릿해서 무엇을 해야 할지 판단을 내릴 수가 없었다.

원형극장 옛 터로 돌아가 잘까? 이제는 나와 친구들을 위한 모든 희망이 완전히 사라져 버렸을까? 모모는 다시는 옛날로 돌아갈 수 없다는 것만은 확실히 알고 있었다. 다시는…….

게다가 카시오페이아 역시 걱정되었다.

'회색 사나이들에게 붙잡히면 어떻게 될까? 거북에 대해서는 결코 말하지 말았어야 했는데…….'

그녀는 심한 자책감에 사로잡혔다. 하지만 그때는 완전히 머리가 멍해져서 깊이 생각한다는 것이 너무도 힘든 일이었다.

'어쩌면 카시오페이아는 벌써 오래 전에 호라 박사님한테 가

있을지도 몰라.'

모모는 스스로를 위로하려고 애썼다.

'그래, 차라리 거북이 다시는 날 찾아오지 않았으면 좋겠다. 그렇게 하는 것이 카시오페이아를 위해서도, 날 위해서도 좋아…….'

그런데 바로 그때 모모의 맨발을 무엇인가가 살짝 건드렸다. 모모는 섬찟하여 가만히 아래로 몸을 굽혔다.

이게 웬일인가! 눈앞에 거북이 앉아 있는 게 아닌가!

그리고 어둠 속에서 천천히 글자가 빛났다.

"다시 왔어."

모모는 거북을 정신없이 덥석 들어올려 자기 저고리 속에 감추었다. 그리고 일어나서 주위의 어둠 속을 살펴보았다. 회색 사나이들이 아직도 가까이 있으면 어쩌나 불안했기 때문이다.

그러나 무엇 하나 움직이는 기색이 없었다.

카시오페이아는 모모의 저고리 속에서 요란하게 바르작거리며 나오려고 애를 썼지만, 모모는 꼭 껴안은 채 옷 속을 들여다보고 속삭였다.

"부탁이야, 제발 가만히 있어!"

"왜 이렇게 날 숨기니?"

글자가 등에서 빛났다.

"네가 눈에 띄면 안 돼!"

그러자 이번에는 이런 글자가 나타났다.

"조금도 기쁘지 않니?"

"왜 기쁘지 않겠니. 기뻐, 카시오페이아. 얼마나 기쁜지 몰라!"

모모는 사뭇 훌쩍거렸다.

그리고 거북의 코에 몇 번이고 키스를 퍼부었다.

거북 등의 글자가 눈에 띄게 빨개지며 나타났다.

"이제 그만!"

모모는 엉겁결에 웃음을 터뜨렸다.

"계속 나를 찾았었니?"

모모가 물었다.

"물론."

"하지만 하필 왜 지금 여기서 찾았니?"

"이곳에 있는 것을 미리 알고 있었으니까."

그러면 거북은 그전에는 모모를 찾을 수 없을 줄 알면서도 찾아다녔단 말인가? 알고 있었다면 전혀 찾을 필요가 없었을 텐데. 이것 역시 카시오페이아의 이해할 수 없는 수수께끼 중의 하나였다. 하지만 지금 그 문제로 고민할 때가 아니었다.

모모는 소곤소곤 지금까지 있었던 일을 거북에게 설명했다.

"이제 어떻게 하면 좋겠니?"

이야기를 끝내고 모모가 물었다.

카시오페이아는 주의 깊게 귀를 기울이고 있었다. 그러더니 그의 등에 이런 대답이 떠올랐다.

"호라 박사한테 가는 거야."

"지금? 회색 사나이들이 사방에서 널 찾고 있어! 찾지 않는 곳은 여기뿐이야. 이곳에 가만히 있는 것이 현명하지 않을까?"

모모는 소스라치듯 놀라 물었다.

"알고 있어. 하지만 우리는 가기로 되어 있어."

거북의 등에 이런 글자가 나타났다.

"그러면 우린 일부러 그들의 소굴로 뛰어드는 꼴이 되는데?"

"우리는 아무도 만나지 않아."

이 정도로 거북이 자신 있게 말한다면 안심하고 따라가도 되었다. 모모는 카시오페이아를 땅에 내려놓았다. 그러나 전에 걸어갔던 그 길고도 힘겨운 길이 떠오르자 갑자기 자기 힘으로는 감당할 수 없을 것 같았다.

"혼자 가렴, 카시오페이아. 내겐 그만한 힘이 없어. 혼자 가서 호라 박사님께 인사 말씀이나 잘 전해 줘."

모모는 조그만 목소리로 말했다.

"아주 가까워!"

카시오페이아의 등에 이런 글자가 나타났다.

모모는 그것을 읽어보고는 놀라서 주위를 돌아보았다. 모모는 점차 이곳이 죽음의 거리처럼 느껴지던 그 비참한 노시 구역이라는 것을, 예전에 이곳을 빠져나가 새하얀 건물과 신비스러운 빛이 있는 지역에 이르렀다는 것을 생각해 냈다. 그렇다면 분명히 얼마 안 가서 '초시간의 거리'와 '초공간의 집'에 도착하게 될 것이다.

"좋아. 나도 갈게. 하지만 널 안고 가면 안 되겠니? 그러는 편이 훨씬 빨리 갈 수 있을걸."

"안 돼."

"왜 너는 굳이 혼자 기어가야 하니?"

이 질문에 대해서는 수수께끼 같은 대답이 나타났다.

"길은 내 안에 있어."

이렇게 대답하고는 거북은 움직이기 시작했다. 모모는 그 뒤를 따라 한 걸음 한 걸음 천천히 걸어갔다.

모모와 거북이 광장을 빠져나가는 좁은 길로 사라지자마자 주위의 칠흑 같은 건물 그늘 주변이 갑자기 술렁거리기 시작했다. 그것은 이 모든 장면을 처음부터 끝까지 엿보고 있던 회색 사나이들이었다. 그들은 숨어서 모모를 지켜보기 위해 몇 명이 남아 있었던 것이다. 아주 오랫동안 기다렸지만, 그 결과 예상치도 못했던 커다란 수확을 얻은 것이다.

"걷기 시작했소! 붙잡을까?"

잿빛 음성이 속삭였다.

"안 돼요. 그냥 가게 내버려두는 거요."

다른 음성이 수군거렸다.

"왜지? 거북을 잡으라는 명령이 있었잖소? 무슨 일이 있어도 그러라고 말이오."

"맞소. 그런데 왜 붙잡으라는 거였지요?"

"그야 호라 박사 집을 알아내기 위해서지요."

"바로 그렇소. 그런데 거북은 지금 바로 그리로 가고 있소. 억지로 시키지 않아도 지금 거북은 스스로 알아서 가고 있는 거요, 우리 뜻대로 말이오."

다시금 억양 없는 웃음이 칠흑 같은 그늘로 퍼졌다.

"도시 안의 모든 동료들에게 이 일을 알려야 하오. 수색을 중단하고 전원이 이쪽으로 합세하라고. 하지만 여러분, 조심해야 하오. 저 둘을 방해해서는 안 되오. 그들에게 길을 터주어야 하오. 어느 누구도 그들의 눈에 띄지 않도록. 자, 여러분, 침착하게 저 눈치채지 못한 안내자들을 미행합시다!"

이렇게 되어 모모와 카시오페이아는 추적자 중의 그 누구와도 만나지 않게 되었다. 왜냐하면 어느 쪽으로 발걸음을 떼어놓아도 추적자들은 재빠르게 이들을 피해 몸을 감추었다가 여자아이와 거북의 뒤를 따르고 있는 다른 동료들과 합세했기 때문이다. 회색 사나이들은 점점 엄청나게 불어났다. 그들은 담벼락과 건물 모퉁이에 몸을 감춘 채 소리 없이 두 도망자의 뒤를 따랐다.

모모는 이렇게 피곤한 적은 태어나서 이제까지 한 번도 없었다. 당장에라도 쓰러져 그대로 잠에 빠져버릴 것 같은 순간이 여러 번 있었다. 그럴 때면 안간힘을 써서 한 발짝을 떼어놓고, 다시 다음 발짝을 떼어놓았다. 그러면 한동안은 견딜 만했다.

어쨌든 거북이 이토록 참을 수 없이 느림보로 기어가지만 않더라도! 하지만 이 일만은 어쩔 수가 없었다. 모모는 이제 왼쪽으로도 오른쪽으로도 한눈을 팔지 않고, 오로지 발과 카시오페이아의 뒷발에만 눈길을 쏟고 있었다.

모모에게는 영원처럼 길게 느껴진 시간이 지난 후, 별안간 발밑의 길이 밝아진 것을 느꼈다. 모모는 납덩이처럼 무거운 눈

꺼풀을 들어 주위를 돌아보았다.

드디어 그들은 도착한 것이다. 아침빛도 저녁빛도 아닌 여명에 휩싸인 모든 그림자가 여러 갈래의 방향으로 드리워져 있는 지역에. 눈부시게 하얗게 빛나는, 가까이 다가갈 수 없어 보이는 집들이 검은 창문을 단 채 줄지어 있었다. 저편에는 네모로 된 검은 돌 위에 거대한 달걀 모양의 조형물이 얹혀 있는 그 기묘한 기념비가 있었다.

모모는 용기를 얻었다. 이제 여기까지 오면 호라 박사한테로 가는 데 얼마 안 걸릴 것이기 때문이었다.

"부탁이야. 좀더 빨리 갈 수 없겠니?"

그녀는 카시오페이아에게 말했다.

"천천히 가면 갈수록 빨리 도착하게 돼."

거북은 이렇게 대답하고 아까보다 더 천천히 기어갔다. 모모도—지난번에도 그랬듯이—여기서는 그러는 편이 도리어 빨리 앞으로 나아가게 된다는 것을 깨달았다. 천천히 가면 갈수록 발밑 실이 두 사람을 태워 더 빨리 옮겨주는 것 같았다.

이것이 바로 이 하얀 지역의 비밀이었던 것이다. 천천히 걸어갈수록 빨리 앞으로 나아가고, 서두르면 서두를수록 조금도 앞으로 나아갈 수 없는 것. 그전에 세 대의 자동차로 모모를 추적했던 회색 사나이들은 이 점을 몰랐던 것이다. 그 덕분에 모모는 도망칠 수 있었다.

그때는 그랬지.

그러나 지금은 사정이 달랐다. 왜냐하면 이번에는 회색 사나이들도 결코 모모와 거북을 앞지르려 들지 않았기 때문이다. 그들도 둘의 속도에 맞추어 천천히 뒤를 쫓아갔다. 그들 역시 이 비밀을 알아냈던 것이다.

하얀 거리는 소녀와 거북을 뒤따르는 회색 사나이들로 서서히 메워져 갔다. 그리고 여기서는 어떤 식으로 가야 한다는 것을 알아버린 그들은 거북보다 더 느린 속도로 걸어가기로 했다. 그러다 보니 결국 점점 따라붙게 되어 차츰 간격이 좁혀졌다. 그야말로 거꾸로의 경주, 느림보 경주였던 것이다.

오른쪽으로 돌고, 왼쪽으로 꺾어지고, 이렇게 환상의 도로를 누비며 일행은 새하얀 도시 구역 깊숙한 곳까지 갔다. 바로 그곳이 '초시간의 거리' 로 돌아가는 모퉁이였다.

카시오페이아는 벌써 모퉁이를 돌아 '초공간의 집' 으로 향하고 있었다. 모모는 그전에 이 길에서는 뒤돌아 서서 거꾸로 걷지 않으면 나아갈 수 없었던 일을 생각해 내고는 이번에도 그렇게 했다.

그 순간 모모는 숨이 끊어질 듯 놀랐다.

움직이는 회색 담벼락처럼 길을 가득 메운 시간도둑들이 다가오고 있지 않은가. 그것도 끝이 안 보일 정도로 열을 지어 밀려오고 있었다.

모모는 소리를 질렀다. 하지만 자신의 음성이 들려오지 않았다. 그녀는 뒷걸음질로 '초시간의 거리' 로 들어가면서, 쫓아오는 회색 사나이들을 놀란 눈으로 응시했다.

하지만 이번에도 정말 알 수 없는 일이 벌어졌다. 추적자들의

맨 첫번째 열이 '초시간의 거리'로 들어서려 하자, 사나이들은 말 그대로 모모의 눈앞에서 흔적도 없이 사라져 버리는 것이었다. 맨 처음 앞으로 내민 양팔이 사라지고 다음에 다리와 몸뚱이가, 그리고 마지막으로 놀라움과 공포로 일그러진 얼굴이 사라졌다.

하지만 이런 광경을 본 것은 모모만이 아니었다. 뒤따라 몰려들던 회색 사나이들도 이 장면을 보았다. 두번째 열의 사나이들은 뒤에서 밀어닥치는 인파를 막으려고 했기 때문에 잠시 그들 사이에 격투와 같은 소란이 일어났다. 모모도 그들의 불같이 화난 얼굴과 절박하게 휘두르는 주먹을 볼 수 있었다. 더 이상 모모를 쫓아오려는 자는 한 명도 없었다.

이윽고 모모는 '초공간의 집'에 다다랐다. 육중한 초록빛 철문이 열렸다. 모모는 그 안으로 뛰어들어가, 돌 조각상들이 즐비한 복도를 달려가 막다른 곳의 작은 문을 열고 미끄러지듯 들어갔다. 그리고 수많은 시계가 있는 홀을 가로질러 탁상시계로 둘러싸인 작은 방에 이르자, 아름답고 깨끗한 소파에 몸을 던지고는 쿠션에 얼굴을 파묻었다. 아무것도 보기 싫고 아무것도 듣고 싶지 않았기 때문이다.

포위 속에서의 결단

조용한 음성이 들려왔다.

모모는 서서히 꿈도 없는 깊은 잠에서 깨어났다. 신기하게도 피로가 씻은 듯이 사라지고 상쾌해졌다.

"꼬마에게는 책임이 없어. 하지만 카시오페이아, 너는 어쩌자고 그렇게 했니?"

다시 음성이 들려왔다.

모모는 눈을 반짝 떴다. 소파 앞의 작은 식탁 앞에 앉은 호라 박사가 발치께 있는 거북을 내려다보고 있었다.

"너는 회색 일당이 쫓아오리라는 것을 생각 못 했니?"

"앞일은 알지요. 뒷일은 생각지 않아요!"

글자가 카시오페이아의 등에 나타났다.

호라 박사는 한숨을 쉬면서 고개를 절레절레 흔들었다.

"아, 카시오페이아, 카시오페이아, 어떤 때에는 정말 널 이해할 수 없어. 수수께끼 같은 일이 많아!"

모모는 몸을 일으켰다.

"아, 우리 꼬마 모모가 깼구나! 어떠냐, 기분이 좋아졌니?"

호라 박사가 다정하게 말했다.

"아주 좋아요, 고마워요. 죄송해요. 여기서 아무렇게나 잠이 들어버려서……."

모모가 대답했다.

"그런 걱정은 말아라. 그래 잘했다. 설명은 안 해도 돼. 내가 만물을 투시할 수 있는 안경으로 볼 수 없었던 것은 카시오페이아가 그동안 전부 보고해 주었어."

"그럼 회색 사나이들은 어떻게 됐어요?"

모모가 물었다.

"우리를 포위하고 있어. 초공간의 집을 사방에서 에워싸고 있는 셈이지. 즉 그 자들이 그곳까지만 접근할 수 있다는 거지."

호라 박사는 저고리에서 커다란 푸른 손수건을 꺼내면서 말했다.

"여기로 들어올 수는 없나요?"

호라 박사는 코를 풀었다.

"그럼, 그렇게는 못 해. 너도 직접 보지 않았니? 그들이 초시간의 거리에 발을 내딛기만 하면 연기처럼 사라져 버리는 모습을."

"왜 그렇게 되지요?"

모모는 그것이 궁금했다.

"시간의 역류 때문이지. 너도 알다시피 그곳에서는 모든 것을 거꾸로 움직여야 하거든. 초공간의 집 주변에서는, 말하자면 시간이 거꾸로 흐르고 있는 거야. 다른 데서는 시간이 계속너의 내부로 들어오게 되지. 그래서 점점 네 안에 시간이 많이쌓이면서 너는 나이가 들어가는 거야. 그렇지만 초시간의 거리에서는 시간이 너로부터 밖으로 빠져나가 버리지. 너는 그 거리를 지나오는 동안에 어려진다고 말할 수 있겠지. 무작정 어려지는 게 아니라, 다만 그 거리를 지나오는 데 걸린 시간만큼만 말이야."

"그런 걸 저는 전혀 몰랐어요."

모모가 놀라면서 말했다.

"자, 이것 봐. 인간은 그저 시간만으로 되어 있는 것이 아니란다. 그 이상의 존재지. 그렇지만 회색 사나이들에게는 문제가달라. 그들은 온통 훔쳐 온 시간만으로 이루어진 존재거든. 그래서 그들이 시간의 역류 속으로 들어서기만 하면 눈 깜짝할 사이에 시간이 그들에게서 빠져나가는 거야. 마치 터진 고무풍선에서 공기가 빠지듯이. 고무풍선의 경우엔 하다못해 껍데기라도 남지만, 그들은 아무것도 남기지 않고 사라져 버리는 거야."

호라 박사가 미소를 머금고 설명했다.

모모는 바짝 정신을 차리고 생각하다가 잠시 후에 물었다.

"그럼 혹시, 모든 시간을 한꺼번에 거꾸로 흐르게 할 수는 없을까요? 물론 아주 잠깐만요. 그럼 모든 인간들은 조금씩 더 젊어질 테지만, 그것은 중요한 일이 아니고, 시간도둑들을 모두없애 버릴 수 있잖아요."

호라 박사가 미소를 지었다.

"그렇게 되면 물론 좋겠지. 하지만 유감스럽게도 그렇게는
안 돼. 양편의 시간의 흐름은 서로 균형을 유지하고 있어. 한편
의 흐름을 없애 버리면, 동시에 다른 편의 흐름도 사라지는 거
야. 그러고 나면 시간이라는 것 자체가 없어져 버리는 거
고⋯⋯."

그는 중얼거리며 일어서더니, 깊은 생각에 잠겨 작은 방안을
몇 번 왔다갔다하며 서성거렸다.

모모는 잔뜩 긴장해서 그를 쳐다보고 있었고, 카시오페이아
의 시선도 역시 그를 좇고 있었다.

"네 덕분에 좋은 생각이 떠오르게 됐다. 그렇지만 그 일을 실
행에 옮기는 것은 나 혼자서는 안 돼."

그는 발치에 있는 거북 쪽으로 눈을 돌려 말했다.

"내 소중한 카시오페이아! 네 생각에는 포위당하고 있는 동
안 우리가 할 수 있는 제일 좋은 일이 뭐겠니?"

"아침 식사요!"

거북 등에 이런 대답이 나타났다.

"그래, 그것도 역시 나쁘지 않은 생각이야!"

바로 그 순간 어느새 식탁이 차려졌다. 아니면 이미 차려져
있었는데 모모가 여태 몰랐던 것일까? 어쨌든 거기에는 전처럼
작은 황금 차잔과 그 밖의 모든 금빛나는 아침 식사가 놓여 있
었다. 김이 모락모락나는 초콜릿이 든 주전자랑 꿀, 버터 그리
고 바삭바삭하게 구운 빵이 있었다.

모모는 그동안 여러 번 이 맛있는 식사를 떠올리며 먹고 싶어 군침을 삼키고 있던 터라서 당장 허겁지겁 음식에 달려들었다. 이번에는 지난번보다 한층 더 맛이 있었다. 호라 박사도 함께 맛있게 식사를 하였다.

잠시 후 모모는 볼이 불룩하게 음식을 씹으며 말했다.

"그 자들은 박사님에게 모든 인간의 시간을 몽땅 받아내려고 해요. 그렇지만 박사님께서는 절대 그러시지 않겠지요?"

"물론이지. 나는 절대로 그러지 않을 거다. 시간은 시작이 있는 이상 언젠가 끝날 때도 있는 거야. 그렇지만 인간이 그것을 필요로 하지 않을 때에야 비로소 끝나는 거야. 나는 회색 사나이들이 나한테서 단 1초도 빼앗아 가지 못하게 할 거야."

"그렇지만 그 자들은 박사님을 그렇게 하도록 꺾을 수 있다던데요."

"그 점에 대해 계속 얘기하기 전에 네게 그 자들을 보여주고 싶구나."

그는 아주 심각하게 말했다.

그는 그의 작은 황금빛 안경을 벗어 모모에게 건네 주었다. 모모는 안경을 썼다.

처음에는 다시금 갖가지 빛깔과 형체가 뒤섞여 소용돌이치고 있을 뿐이어서 모모는 지난번처럼 현기증을 느꼈다. 하지만 이번에는 그 어지러움도 금방 끝났고, 잠시 후에는 모모도 만물을 확실히 볼 수 있었다.

그러자 거기에 보이는 것은 포위하고 있는 엄청난 대군이었다!

　헤아릴 수 없이 많은 회색 사나이들이 어깨를 맞대고 나란히 늘어서 있었다. 그들은 초시간의 거리 앞에만 있는 게 아니라 더 멀리, 더 넓게, 초공간의 집을 중심으로 눈처럼 새하얀 집들이 있는 구역을 포함해서 큰 원을 이루고 있었다. 포위망은 물 샐 틈도 없었다.

　그렇지만, 잠시 후 모모는 아주 기괴한 점을 발견했다. 처음엔 안경 유리에 혹시 습기가 찼거나 그렇지 않으면 자기 자신이 아직 분명히 볼 수 없는 상태라고만 생각했다. 알 수 없는 안개가 회색 사나이들의 윤곽을 알아볼 수 없게 뿌옇게 흐려 놓고 있었던 것이다. 하지만 곧 이 안개는 안경이나 자신의 눈과는 상관없이 그들이 있는 거리에서 안개가 솟아오르고 있음을 깨달았다. 벌써 여러 군데에 꿰뚫어볼 수 없이 짙은 안개가 끼어 있었고, 이제 막 안개가 끼기 시작하는 데도 있었다.

　회색 사나이들은 뿌리 박힌 것처럼 꼼짝도 않고 서 있었다. 그들은 모두 한결같이 중산모를 쓰고, 손에는 납회색 서류 가방을 들고, 입으로는 회색 시가 연기를 뿜어대고 있었다. 하지만 이 시가 연기는 평소처럼 흩어지지가 않았다. 바람 한 점 없는 이곳의 유리알 같은 공기 속에서 시가 연기는 거미줄처럼 질긴 막을 이루며 거리 위쪽 새하얀 건물의 벽으로 기어올라가, 기다란 깃발처럼 이 건물에서 저 건물로 뻗어가는 것이었다. 그러더니 그것은 곧 지저분한 네모의 청록색 가스 덩어리가 되어 서서히, 그러면서도 끊임없이 겹쳐서 위로위로 올라 끝없이 높아지는 탑

같은 담벼락으로 사방에서 초공간의 집을 포위하고 있었다.

모모가 보니 이따금 새로운 사나이들이 도착해서 다른 자들과 교대로 포위망으로 들어섰다. 하지만 이 모든 일이 왜 벌어지고 있을까? 이 시간도둑들은 무슨 꿍꿍이 수작을 벌이는 것일까?

모모는 안경을 벗으면서 궁금해하는 눈빛으로 호라 박사를 바라보았다.

"충분히 봤니?"

박사가 물었다.

"그럼 안경을 이리 돌려다오."

안경을 다시 쓰면서 그가 말을 이었다.

"그 자들이 나를 꺾을 수 있느냐고 물었지? 너도 알다시피 그들은 내게 접근할 수가 없어. 그렇지만 그들은 인간에게는 지금보다 더 나쁜 방법으로 해를 끼칠 수가 있지. 지금 그들은 그 방법으로 나를 협박할 생각이야."

"더 나쁜 방법이라니요?"

모모가 깜짝 놀라 물었다.

"나는 모든 인간에게 시간을 나누어 주고 있어. 회색 사나이들도 거기에는 손을 쓸 수가 없어. 그들은 또 내가 보내는 시간을 막을 수도 없지. 그렇지만 시간을 오염시킬 수는 있어."

"시간을 오염시킨다구요?"

모모는 너무나도 무서운 말에 크게 놀랐다.

"그들의 시가 연기로 말이다. 조그만 회색 시가를 물지 않은 회색 인간을 하나라도 본 적이 있니? 아마 없을 거다. 그들은 시가 없이는 존재할 수 없으니까."

"대체 그건 무슨 시가인가요?"

모모가 물었다.

"시간의 꽃을 기억하고 있겠지? 그때 내가 말했었지. 모든 인간은 그런 시간의 황금빛 사원을 갖고 있는데, 그것은 인간이 마음을 가지고 있기 때문이라고. 그런데 인간들이 회색 사나이들을 자기 속에 받아들이면, 그들은 그곳에서 시간의 꽃을 계속 빼앗을 수 있어. 그렇지만 이렇게 인간의 마음에서 뽑힌 시간의 꽃들은 진짜 시간이 지나간 것이 아니니까 죽을 수 없어. 하지만 진짜 주인으로부터 떨어져 나왔기 때문에 살아 있다고 할 수도 없지. 꽃은 잎파리, 세포조직 하나하나까지 있는 힘을 다하여 자기 주인에게 돌아가려고 해."

호라 박사가 설명했다.

모모는 숨을 죽이고 귀를 기울였다.

"모모, 악도 나름의 비밀을 지니고 있다는 것을 알아야 해, 이 회색 사나이들이 훔쳐 간 시간의 꽃들을 어디에다 쌓아두는지 나도 몰라. 다만 그들이 이 꽃들을 유리잔처럼 딱딱해지도록 자기네의 차가운 기운으로 얼려둔다는 것만은 알고 있지. 그렇게 해서 그 꽃이 되돌아가는 것을 막는 거야. 어딘가 땅속 깊이 얼어붙은 시간이 담긴 거대한 창고가 있을 거야. 하지만 시간의 꽃은 거기서도 죽지 않는단다."

모모의 뺨은 분노로 달아오르기 시작했다.

"회색 사나이들은 이 지하저장고에서 끊임없이 시간을 보급받아 그것으로 살아가고 있는 거야. 그들은 시간의 꽃에서 꽃잎을 뜯어내어 잿빛으로 딱딱해질 때까지 말린단다. 그리고 그것으로 그들의 조그만 시가를 말지. 그렇지만 이 순간까지도 꽃잎에는 생명이 조금은 남아 있어. 어쨌든 살아 있는 시간은 회색 사나이들에게는 맞지 않아. 그래서 그들은 시가를 피우지. 그렇게 연기로 변할 때 시간은 정말 완전히 죽어버리기 때문이야. 죽어버린 인간의 시간으로 그들은 살아가는 거야."

모모가 일어서서 외쳤다.

"아! 죽어버린 시간이 이렇게 많다니……."

"그래, 저 바깥 초공간의 집 주변에서 위로위로 뻗어가는 이 연기의 탑과 같은 담장은 죽은 시간으로 이루어진 것이란다. 아직은 탁 트인 하늘이 얼마든지 있으니까 나도 별 지장 없이 인간에게 시간을 보낼 수 있어. 그렇지만 침침한 연기가 우리 위를 몽땅 뒤덮게 되는 날이면, 내가 보내는 모든 시간 속에 유령같이 죽어버린 시간이 뒤섞이게 된단다. 인간들이 그 시간을 받게 되면 그들은 병이 들게 돼. 그것도 죽을 병에 걸리게 되는 거지."

모모는 걱정스러운 눈으로 호라 박사를 뚫어지게 바라보았다. 그러더니 나직한 목소리로 물었다.

"그게 무슨 병인데요?"

"처음에는 거의 증세를 못 느끼지. 그러다가 어느 날 갑자기 모든 의욕을 잃어버려. 재미있는 일이 없고 지루하기 짝없게 되는 거야. 게다가 이 무기력은 사라지기는커녕 딱 버티고서는 점점 커져가지. 날이 가고 한 주 한 주 지날수록 점점 심해져. 기분이 차츰 나빠지고 마음은 점점 비어가고, 자신과 세상에 대해서 점점 불만스러워하는 거야. 그러는 동안에 이런 감정조차 서서히 사라지고 결국 아무것도 느끼지 못하게 돼. 완전히 냉담해져서 회색이 되는 거야. 온 세상이 그에겐 낯설고 자신과는 전혀 상관없이 느껴지게 돼. 화낼 것도 감격할 것도 없어져. 기뻐할 줄도 슬퍼할 줄도 모르게 되고, 웃는 것과 우는 것도 잊어버리는 거야. 그렇게 되면 그의 마음은 싸늘해지고 아무것도, 그 누구도 사랑할 수가 없게 돼. 이 정도까지 증세가 악화되면 그 병은 이미 치료할 수 없게 된단다. 회복할 길이 없는 거지. 그리고 다만 우울한 잿빛 얼굴로 바삐 나돌아다니는 거야. 회색 사나이들과 똑같이 되어버리는 거지. 그렇게 되면 그도 회색 일당이 되는 셈이지. 이 병의 이름은 '견딜 수 있는 권태'란다."

모모는 온몸을 무섭게 떨었다.

"만일 박사님께서 계속 모든 인간에게 시간을 보내지 않는다면, 그들은 모든 인간을 자기네처럼 만들겠군요?"

"그렇단다. 그래서 그들은 나를 그런 수법으로 협박해서 뜻을 이루려는 거지."

호라 박사는 몸을 돌려 말을 이었다.

"나는 지금껏 인간들 스스로가 이 악령惡靈들의 손아귀에서 빠져나오기를 기다렸어. 인간들은 그럴 수가 있었어. 사실 그 악령들은 결국 인간에게 의존해서 목숨을 이어가니까. 그렇지만 이젠 더 이상 기다릴 수가 없어. 무슨 조치를 취해야겠어. 하지만 나 혼자서는 할 수가 없구나."

그는 모모를 바라보았다.

"나를 도와주겠니?"

"예."

모모는 숨을 삼키며 대답했다.

"나는 너를 상상할 수도 없는 위험 속으로 보내야 해. 그리고 세상이 영원히 정지해 버리느냐, 아니면 다시 살아서 움직이게 되느냐 하는 것은 너한테 달려 있어. 모모, 그래도 해볼 용기가 있니?"

호라 박사가 말했다.

"예."

이번 대답은 음성이 또렷했다.

"그렇다면 내가 말하는 것을 아주 주의 깊게 들어라. 이제 완전히 너 혼자의 힘으로 해야 해. 나도 너를 더 이상 도와줄 수 없기 때문이야. 나뿐만 아니라 그 어느 누구도."

모모는 고개를 끄덕이고 모든 주의력을 모아서 호라 박사를 바라보았다.

"미리 말해 두지만, 나는 잠을 자는 적이 결코 없다는 것을 알아야 한다. 내가 잠이 들면, 그 순간 모든 시간이 정지할 거야. 그러면 세상도 정지해 버리겠지. 그리고 시간이라는 것이 없어지면 회색 사나이들은 아무에게서도 시간을 훔칠 수가 없게 되지. 하긴 그들은 많은 양의 시간을 저장해 놓고 있으니까

당분간은 버틸 수 있을 거야. 그렇지만 그것마저 다 써버리고 나면 그들도 모두 사라지게 돼."

"그렇다면 일은 참 간단하네요!"

모모가 말했다.

"그런데 유감스럽게도 그렇게 간단하지 않아. 그렇게 할 수 있다면 나는 네 도움이 필요없겠지, 꼬마야. 하지만 시간이라는 게 존재하지 않으면 나 역시 다시는 깨어날 수가 없는 거야. 그러면 세상은 영원히 정지되어 버리게 될 거야. 그렇지만 나는 너에게, 모모, 너에게 오직 한 송이의 시간의 꽃을 줄 수 있단다. 물론 단 한 송이뿐이지. 언제든지 오직 한 송이만 피기 때문이다. 그러니까 만약 세상의 모든 시간이 정지한다 해도 너는 한 시간을 더 갖게 될 거야."

"그렇다면 제가 박사님을 깨울 수 있겠네요!"

모모가 말했다.

"그렇지만 그 한 시간을 가지고 그렇게 간단히 뜻을 이룰 수 없을 거다. 왜냐하면 회색 사나이들의 저장량이 훨씬 더 많기 때문이야. 그러니 한 시간이 지나도 그들은 여전히 살아 있을 수 있어. 네가 해야 할 일은 그보다 훨씬 더 어려운 거란다! 시간이 정지했다는 것을 깨닫는 즉시—그것을 그들은 당장 깨달을 거야. 시가의 보급이 중단될 테니까 말이다—회색 사나이들은 포위를 풀고 시간저장고로 달려갈 것이다. 그때 너는 그들을 따라가는 거야, 모모. 그들의 비밀 창고를 발견하면, 너는 그들이 그 저장된 시간에 접근하지 못하도록 막아야 해. 시가를 가지지 못하게 되면 그들 역시 끝장이거든.

그렇지만 그 다음에 할 일이 또 있어. 아마 이것이 가장 어려운 일일 거야. 마지막 시간도둑이 사라지고 나면, 너는 그곳에 저장되었던 모든 시간을 전부 해방시켜 줘야 하는 거야. 왜냐하면 이 시간들이 인간에게 되돌아갈 때 비로소 세상은 정지상태에서 풀려나고 나도 다시 깨어날 수가 있게 되기 때문이야. 그리고 이 모든 일을 하는 데 네가 쓸 수 있는 시간은 단 한 시간뿐이야."

모모는 망연자실하여 호라 박사를 바라보았다. 그렇게 엄청나게 어렵고 위험한 일일 거라고는 상상도 못 했던 것이다.

"그런데도 할 수 있겠니?"

호라 박사가 물었다.

"이것이 우리에게 남은 마지막 한 가지 길이야!"

모모는 입을 다물고 있었다. 대답을 하지 않았다. 자기가 그 것을 해낼 수 있을 것 같지 않았다.

"내가 같이 가겠어!"

글자가 갑자기 카시오페이아의 등에서 빛났다.

거북이 어떻게 이런 일을 도와줄 수 있담! 그래도 그것은 모모에게는 한 줄기 희망의 빛이었다. 자기 혼자가 아니라는 생각에 모모는 용기를 얻었다. 뭐라고 딱 꼬집어 얘기할 수는 없었지만, 그래도 그녀의 마음을 다지게 하는 효과가 있었다.

"해보겠어요."

모모가 딱 부러지게 말했다.

호라 박사는 한동안 모모를 물끄러미 바라보며 빙그레 웃음을 지었다.

"네가 생각했던 것보다는 한결 쉽게 해결될 수도 있다. 너는 별의 음성을 들었잖니. 겁내서는 안 된다."

그러고 나서 그는 거북을 향해 물었다.

"그래, 카시오페이아, 너도 같이 가겠니?"

"물론이지요!"

거북 등이 반짝 빛났다. 그리고 이 글자가 사라지자 다음과 같은 구절이 나타났다.

"누군가 모모를 지켜야지요!"

호라 박사와 모모는 웃음을 머금고 마주 보았다.

"카시오페이아도 시간의 꽃을 하나 가질 수 있을까요?"

모모가 물었다.

"카시오페이아에겐 그것이 필요없단다."

호라 박사는 거북의 목을 다정하게 어루만지며 설명했다.

"거북은 시간 바깥의 존재이거든. 거북은 자기만의 시산을 자기 내부에 갖고 있어. 모든 것이 영원히 정지한다 해도 거북은 여전히 세상 끝까지라도 갈 수가 있단다."

"됐어요."

갑자기 모모는 빨리 일을 시작하고 싶은 충동을 느낀 듯 말했다.

"그럼 이제 우리는 뭘 하지요?"

"지금 우리는 작별을 해야지."

호라 박사가 대답했다.

모모는 침을 삼키면서 나직이 물었다.

"그럼 다시는 못 만나게 되나요?"

"언젠가 다시 만나게 돼, 모모."

호라 박사가 대답했다.

"그때까지 네 인생의 한 시간이 너에 대한 나의 인사다. 우리는 언제까지나 친구잖니?"

"예."

모모는 고개를 끄덕였다.

"나는 이제 가겠다. 따라와서는 안 돼. 또 어디로 가느냐고 묻지도 말아라. 내 잠은 보통의 잠이 아니란다. 네가 옆에 없는 게 좋아. 한 가지 더 말할 게 있다. 내가 떠나자마자 두 개의 문을 다 열어라. 내 문패가 달려 있는 작은 문과 초시간의 거리로 나가는 초록빛 철문을. 시간이 멈춰 버리는 즉시 만물이 정지해 버리게 되고 그러면 이 문들 역시 세상의 어떠한 힘으로도 열 수 없게 되니까 말이다. 전부 다 잘 기억하겠니, 꼬마야?"

호라 박사가 말했다.

"예, 그렇지만 시간이 멎었다는 것을 어떻게 알지요?"

모모가 물었다.

"그건 걱정하지 말아라. 저절로 알게 될 테니까."

호라 박사가 일어섰다. 모모도 몸을 일으켰다. 그는 모모의 헝클어진 머리를 다정하게 쓰다듬어 주었다.

"잘 있거라, 귀여운 모모. 너를 만날 수 있었던 것은 나에게는 커다란 기쁨이었단다."

"모든 사람들에게 박사님 얘기를 들려주겠어요. 나중에요."

모모가 대답했다.

그러자 호라 박사는 갑자기 상상도 할 수 없을 만큼 다시 늙어 보였다. 지난번 황금빛 사원에서 보았던 모습과 똑같이 바위산처럼, 태고의 고목처럼 늙어버린 것이다.

그는 몸을 돌려 탁상시계로 가득 찬 작은 방을 재빨리 빠져나갔다. 발소리는 점점 멀어지더니 이윽고 시계의 똑딱거림만 들려왔다. 어쩌면 그는 이 똑딱거림 속으로 들어갔는지도 모른다.

모모는 카시오페이아를 들어올려 꼭 껴안았다. 모모의 위대한 모험은 이미 시작된 것이며, 이젠 되돌아갈 수도 없는 것이다.

추적자를 뒤쫓다

　우선 모모는 호라 박사의 이름이 붙어 있는 안쪽의 작은 문으로 달려가서 문을 열었다. 그러고는 커다란 석상이 줄지어 서 있는 복도를 재빨리 빠져나가 바깥쪽의 초록빛 철문을 열었다. 그 커다란 문은 너무나 무거웠기 때문에 젖 먹던 힘까지 끌어올려야 했다.

　이 일을 마치자 모모는 헤아릴 수 없이 많은 시계가 걸려 있는 홀로 되돌아와서 카시오페이아를 팔에 안고, 다음에 일어날 일을 기다리고 있었다.

　잠시 후 곧 일이 벌어졌다.

　별안간 흔들림이 일어났다. 그것은 공간을 흔드는 진동이 아니라 시간을 흔드는, 이른바 시간의 지진이었다. 그것이 어떤 느낌인가를 말로 설명할 수는 없었다. 그와 함께 무슨 소리도 났지만 그것은 지금껏 인간이 한 번도 들어본 적이 없는 소리였다.

마치 수천 수만 년의 깊이에서 울려 나오는 한숨과 같았다.

드디어 모든 것이 끝났다.

그 순간 헤아릴 수 없이 많은 시계의 똑딱똑딱, 째깍째깍, 땡땡거리던 소리도 순간적으로 딱 멎었다. 흔들거리던 시계추들도 그 순간에 있던 위치에서 멎어버렸다. 움직이는 것이라고는 아무것도, 전혀 아무것도 없었다. 지금까지 세상에 한 번도 없었던 정적이, 그야말로 완벽한 정적 그 자체였다. 시간이 멎어버린 것이다.

그 순간 모모는 자기의 손에 신비롭고 아주 커다란 시간의 꽃이 한 송이 쥐어져 있는 것을 깨달았다. 어떻게 이 꽃이 자기의 손에 들어왔는지는 전혀 알지 못했다. 그 꽃은, 마치 오래 전부터 거기에 있었던 것처럼 너무나 살며시 나타나서 손 안에 쥐어져 있었던 것이다.

모모는 한 발짝을 조심조심 앞으로 내디뎠다. 정말로 그전과 다름없이 쉽게 그냥 움직여졌다. 작은 식탁 위에는 먹다 남은 아침 식사가 그대로 놓여 있었다. 모모는 안락의자에 앉아 보았지만 대리석처럼 딱딱해져서 눌러도 푹신하게 들어가지 않았다. 모모가 마시던 차잔에는 한 모금 정도의 초콜릿이 남아 있었지만, 차잔 역시 놓인 자리에서 떨어지지를 않았다. 모모는 초콜릿 속에 손가락을 집어넣어 보았다. 그것 역시 유리처럼 딱딱하게 굳어 있었다. 꿀도 마찬가지였다. 쟁반에 흐트러진 빵 부스러기조차 전혀 움직이지 않았다. 시간이 정지한 이상 아무 것도, 아무리 작은 것이라도 이미 움직일 수가 없었다.

카시오페이아가 발을 바둥거렸다. 모모는 거북을 쳐다보았다.

"시간을 헛되이 보내지 마!"

거북 등에 글자가 나타났다.

정말, 그래! 야단났군! 모모는 벌떡 일어섰다. 그리고 홀을 지나 작은 문을 빠져나가서는 곧장 복도를 달려 커다란 문 사이로 바깥을 내다보았다. 그 순간 모모는 놀라 흠칫 뒤로 물러섰다. 가슴이 두근거리기 시작했다. 시간도둑들은 조금도 도망가지 않았다! 뿐만 아니라 이제는 역류하는 시간이 멎어버린 초시간의 거리를 따라 초공간의 집을 향해 다가오고 있는 것이었다! 계획대로라면 이럴 수는 없었다!

모모는 넓은 홀로 되돌아와 카시오페이아를 팔에 안은 채 커다란 벽시계 뒤에 몸을 감추었다.

"처음부터 어렵게 됐구나."

모모가 중얼거렸다.

곧 바깥 복도로부터 회색 사나이들의 발소리가 쿵쿵 울려왔다. 그들은 차례차례로 간신히 작은 문을 기어들어와서 마지막에는 회색 일당의 한 부대가 모두 모였다. 그러더니 주변을 돌아보았다.

"대단하군! 그러니까 여기가 우리의 새집이란 말이지."

그중 한 사나이가 말했다.

"모모라는 꼬마가 문을 열어 우리를 들어오게 했어. 내 눈으로 똑똑히 보았소. 참 똑똑한 아이요! 이 꼬마가 무슨 수로 그 늙은이의 마음을 되돌려놓았는지 참 궁금하오."

다른 잿빛 음성이 말했다.

그러자 세번째의 거의 같은 목소리가 대답했다.

"내 생각으로는 그 자가 스스로 항복한 것 같소. 왜냐하면 초시간의 거리에서 시간의 역류가 그쳤다는 것은 곧 그가 시간의 역류를 차단시켰다는 얘기가 되는 것이오. 그러니까 그 자도 우리 말을 들어야 한다고 생각한 모양이오. 이렇게 되면 그를 처리하는 것도 간단하오. 대체 그 자는 어디에 숨어 있는 거요?"

회색 일당은 두리번거리며 사방을 살폈다. 그러더니 놀란 소리로 한 사나이가 입을 열었다. 그의 음성은 더욱더 음울하게 울렸다.

"아무래도 이상한데, 여러분! 시계! 시계를 보시오. 저기 몽땅 멎어 있어요. 여기 모래시계까지."

"그 자가 지금 막 시계를 멈추게 한 모양이오."

다른 사나이가 자신 없는 어조로 말했다.

"모래시계는 멈출 수가 없소!"

먼저 사나이가 말했다.

"게다가 이것 좀 보시오! 흘러내리던 모래가 도중에서 멎어 버렸소! 시계를 움직일 수가 없소! 이게 무엇을 뜻하는지 알겠소?"

그의 말이 끝나기도 전에 복도로부터 뛰어오는 발소리가 들리더니, 또 다른 회색 사나이가 흥분해서 손짓을 하며 작은 문을 간신히 통과해 와서 소리쳤다.

"방금 시내에 있는 우리 직원의 보고가 들어왔소. 자동차들이 움직이지 않는다는 거요. 모든 것이 서 버렸소. 세계가 정지해 버렸소. 이제 인간으로부터 단 한순간도 단 1초도 빼앗아오기는 글렀소. 보급원이 몽땅 끊어져 버린 것이오! 이제 시간이 없어졌소! 호라가 시간을 멈춰버렸소!"

한순간 죽음 같은 고요가 주위를 뒤덮었다. 그러자 한 사나이가 물었다.

"뭐라고 했소? 우리의 보급원이 끊어졌다고? 그렇다면, 지금 가지고 있는 시가를 다 피우면 우리는 어떻게 되는 거요?"

"당신도 잘 알지 않소!"

다른 사나이가 외쳤다.

"무서운 파멸이오, 여러분!"

그러자 갑자기 대혼란이 일어났고 모두들 아우성을 쳤다.

"호라가 우리를 없애려는 거요! 당장 포위를 풀어야 해요! 시간저장고로 달려갑시다! 차가 없구나! 시간에 맞춰 갈 수가 없소! 내 시가는 27분밖에 못 피우는데! 내 시가는 48분이다. 그럼 좀 나눠 핍시다!―당신 돌았소?―내가 살고 봐야지!"

그들은 모두 작은 문을 향해 허겁지겁 달려가서 한꺼번에 비비적거리며 밖으로 빠져나가려 했다. 모모가 숨어 있는 곳에서 보니, 혼란 속에 빠진 그들이 서로 주먹질을 하며 밀치고 끌어당기고 점점 격렬해졌다. 그것은 너나없이 빨리 가서 회색 생명을 연장하려고 허우적거리는 모습이었다. 그들은 서로의 모자를 치고 떨어뜨리고 뒤얽혀 격투를 벌이며 각기 남의 입에서 조그만 시가를 낚아챘다. 빼앗긴 쪽은 그 순간 갑자기 모든 힘을 잃어버리고 두 손을 허우적거리며 겁에 질려 울상을 짓다가 어느새 점점 투명하게 엷어져서 결국은 스러져가는 것이었다. 그 자리에는 아무것도 남는 게 없었다. 모자조차도 흔적이 없었다.

마지막에는 오로지 세 명의 회색 사나이만이 남게 되었고, 그들은 겨우 작은 문을 빠져나가 도망칠 수 있었다.

모모는 한 팔에 거북을 안고 다른 한 손에는 시간의 꽃을 든 채 그들의 뒤를 쫓았다. 이제 문제는 회색 사나이들을 놓치지 않는 일뿐이었다.

모모가 큰 문을 나섰을 때, 시간도둑들은 벌써 초시간의 거리 어귀를 달려가고 있었다. 그곳에서는 자욱한 시가 연기 속에 다른 한 떼의 회색 일당이 서서 흥분한 목소리로 손짓을 하며 서로 뭔가 말을 주고받고 있었다. 초공간의 집에서 달려나오는 사나이들을 보더니, 그들도 줄달음치기 시작했다. 잇달아 다른 떼들도 도망자의 행렬에 합류했고, 얼마 안 있어 전체가 허겁지겁 후퇴하기 시작했다. 그야말로 끝도 없는 회색 일당의 행렬이, 사방으로 그늘진 새하얀 건물의 신비로운 지역을 누비며 시내 쪽을 향하여 도망치고 있었다.

시간이 사라짐과 동시에, 물론 여기서는 빠른 것과 느린 것이 거꾸로 진행되던 신비스러운 현상도 없어졌다. 회색 도당의 행렬은 커다란 달걀 모양의 기념비 곁을 지나 드디어 보통 집들이 시작되는 지점, 바로 시간의 가장자리에 살고 있는 인간들의 거주지인, 허물어져 가는 회색의 아파트가 서 있는 지점에 이르고 있었다. 하지만 이곳 역시 어느새 모든 것이 멈춰 있었다.

행렬의 끝과 적당한 간격을 두고 모모는 그들을 뒤쫓았다. 이렇게 해서 이번에는 대도시 안을 누비는 모모의 역추적이 시작되었다. 그것은 엄청난 무리의 회색 사나이들이 도망을 치고, 한 손에는 꽃 한 송이를 들고 다른 팔에는 거북을 껴안은 작은 꼬마가 뒤쫓는 기묘한 모습이었다.

이 도시의 모습은 또 얼마나 기묘한가! 도로에는 자동차들이 아무렇게나 흐트러져 서 있었는데, 운전석의 사람들은 기어에 손을 대고 있거나 클랙슨에 손을 얹은 자세로 굳어 있었다(어떤 운전사는 마침 손가락으로 이마를 치며 화가 나서 눈을 부릅뜨고 옆 차의 운전사를 무섭게 노려본 채였다.) 커브를 돌겠다는 표시로 팔을 올린 채 굳어버린, 자전거를 탄 사람도 있었다. 그리고 도보 위의 수많은 행인들, 남자, 여자, 어린이, 개, 고양이 할 것 없이 그대로 굳어 있었다. 뿐만 아니라 배기통에서 나오는 가스까지도 움직이지 않았다.

교차로에는 교통순경들이 호루라기를 입에 물고 손을 중간까지 올린 채 서 있었다. 한 떼의 비둘기들이 광장 위 공중에 꼼짝 않고 떠 있었다. 이 모든 것 위 하늘에는 비행기 한 대가 그림처럼 떠 있었다. 분수의 물줄기는 얼음처럼 보였다. 나무에서 떨어지던 잎새들도 공중에 그대로 정지해 있었다. 그리고 한쪽 다리를 전신주에 걸친 채 볼일을 보던 강아지 한 마리가 박제처럼 움직이지 않았다.

사진처럼 생기를 잃은 이 도시의 한복판을 회색 일당들이 질주해 갔다. 그리고 그 뒤로 모모가 시간도둑한테 들키지 않으려고 조심하면서 뒤따르고 있었다. 하지만 회색 일당은 다른 데 신경을 쓸 겨를이 없었다. 도주가 점점 더 어렵고 힘들어져 갔기 때문이다.

사실상 그들은 이렇게 긴 거리를 직접 발로 뛰는 데는 익숙해 있지 않았던 것이다. 그들은 숨이 차서 고통스러웠다. 게다가 그들은 회색 시가를 놓쳐버리면 끝장이니까 무슨 일이 있어도 시가를 입에서 떼어서는 안 되었다. 꽤 많은 회색 사나이들이 달리는 도중에 시가를 놓쳤고, 그것을 미처 줍기도 전에 벌써 투명해지더니 사라져 버렸다.

그들의 도주를 점점 더 어렵게 한 것은 이런 외부적인 이유만은 아니었다. 이제는 동료들 편에서 오는 위험이 점점 더 심각해졌다. 그들은 자기가 가진 시가가 다 타버리면 절망한 나머지 다른 동료의 입에서 시가를 낚아채는 것이었다. 이렇게 해서 그들의 수효는 서서히, 그러면서도 눈에 띄게 줄어갔다.

아직도 서류 가방 속에 약간의 예비 시가가 남아 있는 자들은, 다른 동료가 눈치를 채지 못하도록 경계를 소홀히 하지 않았다. 그러지 않으면 시가가 없어진 자들이 보물을 빼앗으려고 달려들었기 때문이다. 여기저기서 격렬한 싸움이 끝없이 벌어졌다. 회색 사나이들이 한데 엉켜 시가를 빼앗았다. 그러는 바람에 길바닥으로 굴러떨어진 시가는 패거리들의 발에 짓밟혀버렸다. 이 세상에서 사라져 버리게 된다는 공포감이 회색 사나이들을 완전히 분별없게 만든 것이었다.

도시의 중심으로 점점 가까이 갈수록 또 다른 문제가 이들의 어려움을 더욱더 크게 했다. 대도시의 곳곳에는 수없이 많은 인간의 무리가 **빽빽**하게 모여 있어서, 회색 일당은 마치 우거진 숲속의 나무들 사이를 헤쳐 나가듯이 이 인간의 숲을 비집고 통과하기가 여간 힘들지 않았던 것이다. 바싹 마른 꼬마인 모모로서야 말할 것도 없이 그것은 식은죽 먹기였다. 뿐만 아니라 하다못해 공중에 걸려 있는 작은 솜털까지도 완전히 정지해 있었기 때문에 잘못하면 그런 데 머리를 호되게 부딪히게 되는 것이었다.

어느새 한참을 달렸다. 아직도 얼마나 더 걸릴지 모모는 짐작할 수가 없었다. 모모는 조심스럽게 시간의 꽃을 바라보았다. 하지만 그 꽃은 이제 겨우 피기 시작했다. 아직은 걱정할 필요가 없었다.

그런데 이때, 모모로 하여금 한순간 모든 일을 잊어버리게 만든 사건이 일어났다. 어느 뒷골목에서 도로청소부 베포를 발견한 것이다!

"베포 할아비지!"

모모는 기뻐서 어쩔 줄 몰라 소리치며 그에게 달려갔다.

"베포 할아버지, 도시 안을 온통 찾아다녔어요! 그동안 내내 어디 계셨어요? 왜 한 번도 안 오셨어요? 아아, 내가 제일 좋아하는 베포 할아버지!"

모모는 그의 목을 얼싸안으려 했지만 베포는 마치 철로 만들어진 동상처럼 모모를 튕겨내었다. 모모는 참을 수 없이 가슴이 아팠다. 눈물이 꼬마의 눈에서 쏟아져 내렸다. 모모는 흐느끼면서 그의 앞에 서서 그를 물끄러미 바라보았다.

베포의 조그만 몸집은 전보다 더 작고 구부정해 보였다. 다정했던 그 얼굴은 바싹 시들고 마른데다가 몹시 창백했다. 턱에는 까칠한 흰 수염이 무성하게 자라 있었다. 면도할 시간조차 아꼈기 때문이다. 그의 손에는 너무나 많이 비질을 해서 거의 다 닳아버린 낡은 빗자루가 쥐어져 있었다. 베포는 그런 모습으로 서 있었다. 다른 모든 것들과 마찬가지로 조금의 움직임도 없이 그는 작은 안경 너머로 거리의 쓰레기를 물끄러미 바라보고 있었다.

이제야 겨우 베포를 만났다. 그러나 자기의 존재를 깨닫게 해줄 수 없는 상태에서 무슨 소용이 있겠는가. 게다가 어쩌면 이것이 그를 보는 마지막일는지도 모를 일이었다. 앞으로 일이 어떻게 될지 아무도 모른다. 만일 일이 잘못된다면 베포 할아버지는 영원히 이렇게 이곳에 서 있게 될지도 모른다.

거북이 모모의 팔에서 바둥거렸다.

"서둘러!"

글자가 거북 등에 나타났다 사라졌다.

모모는 큰 거리로 되돌아 달려가 보고 깜짝 놀랐다. 시간도둑들이 하나도 보이지 않는 게 아닌가! 앞서 회색 일당이 도망치던 방향으로 뛰어가 보았지만 역시 그들은 보이지 않았다.

모모는 그들을 놓친 것이었다.

모모는 당황하여 그 자리에 섰다. 어떻게 해야 한담! 모모는 묻는 듯한 시선으로 카시오페이아를 바라보았다.

"찾을 수 있어, 계속 가!"

거북은 등의 글자로 대답했다.

카시오페이아가 이렇게 예언한 이상 어떤 방향으로 가든지 시간도둑을 찾아낼 수 있을 것이다. 그래서 모모는 무턱대고 머리에 떠오르는 대로 왼편으로, 오른편으로, 또 때로는 똑바로 계속 달려갔다.

그러는 동안에 모모는 온통 똑같은 주택들이 늘어서 있고 일직선의 도로들이 지평선까지 뻗어 있는, 새로운 주택가가 생기기 시작한 대도시의 북쪽 변두리에 이르렀다. 모모는 계속 달렸다. 그러나 모든 집과 거리가 완전히 똑같았기 때문에 앞으로 나아가는 게 아니라 같은 장소를 뱅뱅 돌고 있는 것 같은 느낌이었다. 그것은 일종의 미로였다. 하지만 모든 것이 규칙적이고 획일적인 미로였다.

모모가 용기를 잃고 좌절하려 할 때, 갑자기 마지막 회색 사나이가 한 모퉁이를 돌아가는 것이 눈에 띄었다. 그는 절뚝거리고 있었다. 바지는 찢어지고 모자와 서류 가방은 놓치고 없었다. 다만 꾹 다문 그의 입에서 작은 회색 시가 꽁초가 아직도 가느다란 연기를 내뿜고 있었다.

모모가 그 뒤를 따라가니 끝도 없이 똑같은 주택의 대열 중에서 별안간 그곳만 건물이 없는 장소로 나왔다. 그곳에는 높은 판자 울타리가 건설 현장 같은 사각형 땅을 둘러싸고 있었다. 이 울타리에 문이 하나 열려 있었는데, 마지막 회색 사나이는 그 안으로 재빨리 미끄러져 들어가고 있었다.

문 위에는 경고판이 붙어 있었다. 모모는 걸음을 멈추고 그 것을 읽었다.

끝 그리고 새로운 시작

모모는 경고판의 문자를 하나하나 읽느라 한참 시간이 걸렸다. 겨우 문 안으로 들어갔을 때에는 이미 마지막 본 회색 사나이의 모습은 눈에 띄지 않았다.

바로 눈앞에는 깊이가 20 또는 30미터는 됨직한 큰 구멍이 나 있었다. 굴삭기와 다른 건축용 기계들이 여기저기 널려 있었고, 공사징의 바닥으로 내려가는 경사진 길에는 낯 대의 화물자가 도중에 그대로 멈춰 서 있었다. 이곳저곳에 건설 노동자들이 각각 다른 자세로 굳어져 있었다.

자, 이제 어디로 간담? 모모는 마지막 회색 사나이가 들어갔을 법한 입구를 아무래도 찾아낼 수가 없었다. 그래서 모모는 카시오페이아를 바라보았다. 그러나 거북도 모르는 모양이었다. 거북 등에는 아무런 글자도 나타나지 않았던 것이다.

모모는 공사장 밑바닥으로 기어내려가 두리번거렸다. 그러자 낯익은 얼굴이 눈에 띄었다. 거기에 니콜라가 서 있었다. 옛날에 자기의 방 벽에 아름다운 꽃을 그려 주었던 미장이 니콜라가. 물론 그도 다른 모든 것과 마찬가지로 굳어 있었는데, 그의 자세는 참으로 기묘했다. 누군가를 향해 뭐라고 외치려는 듯 손을 입에 대고 다른 한 손으로는 공사장 바닥에 솟아 있는, 바로 옆에 있는 커다란 파이프 구멍을 가리키고 있었다. 더구나 그의 눈길은 꼭 모모를 바라보는 것 같았다.

모모는 깊이 생각하지 않고 순간적으로 그것을 하나의 표지로 여기고 파이프 속으로 기어들어갔다. 모모는 들어서기가 무섭게 가파른 파이프 속으로 사정없이 미끄러 떨어졌다. 이 파이프는 사방으로 꼬불꼬불 돌아 내려가고 있어서, 모모는 마치 미끄럼틀에 앉은 듯 이리저리 부딪히며 미끄러져 내려갔다. 너무나 무서운 속도로 떨어지는 바람에 거의 아무것도 듣지 못했고 보지도 못했다. 어떤 때에는 거꾸로 굴러서 머리가 밑으로 쏜살같이 떨어지기도 했다. 그래도 모모는 거북과 꽃을 꼭 붙들고 놓치지 않았다. 내려갈수록 점점 추워졌다.

모모는 문득 어떻게 이곳을 다시 빠져나갈 수 있을까 생각했다. 하지만 더 이상 생각할 여유도 없이 갑자기 파이프가 끝나고 지하도로 나왔다. 이제 그곳은 어둡지는 않았다. 벽 자체가 빛을 내고 있는 듯 어스름한 잿빛이 퍼져 있었다.

모모는 계속 달렸다. 맨발이었기 때문에 모모의 발소리는 전혀 나지 않았고, 마지막 회색 사나이의 발소리는 여전히 들려왔기 때문에 모모는 소리가 나는 쪽으로 달려갔던 것이다.

이 지하도로부터 사방으로 길이 갈라져 있었다. 그것은 마치 무수한 혈관처럼 신축 건물 구역의 지하로 뻗어 있는 것 같았다.

잠시 후에 웅성거리는 음성들이 들려왔다. 모모는 그쪽을 향해 걸어가서 모퉁이에 숨어 살며시 안을 들여다보았다.

바로 모모의 눈앞에는 그야말로 끝없이 긴 회의용 탁자가 한가운데 놓인 커다란 홀이 있었다. 그 탁자를 사이에 두고 두 줄로 회색 사나이들이, 엄밀히 말하자면 간신히 살아남은 회색 패잔병들이 앉아 있었다. 하지만 이 시간도둑들의 몰골이란 얼마나 비참한지! 양복은 모두 찢어져 있었고, 회색 대머리는 상처와 혹투성이인데다 얼굴은 공포로 일그러져 있었다.

다만 그들의 시가만은 여전히 타고 있었다.

모모는 홀의 맨 뒤쪽 벽에 있는 거대한 금고문이 약간 열려 있는 것을 발견했다. 홀 안에서부터는 얼음처럼 싸늘한 기운이 흘러 나왔다. 그래봐야 소용없다는 것을 알면서도 모모는 웅크리고 앉아 맨발을 저고리로 감쌌다.

탁자의 맨 앞쪽 금고 문앞에 앉은 한 회색 사나이의 말소리가 들렸다.

"우리는 이제 저장고에 남은 것을 아껴 써야겠소. 그것으로 얼마나 오래 지탱할 수 있을지 모르기 때문이오. 따라서 이제 우리의 수를 제한해야겠소!"

"어차피 우리는 몇 명 남아 있지 않소! 이 정도라면 몇 년은 버틸 수 있을 것이오!"

다른 사나이가 고함쳤다.

첫번째 사나이는 개의치 않고 말을 계속했다.

"일찍 절약을 시작할수록 더욱 오랫동안 버티게 되오. 내가 말하는 절약이 무엇을 뜻하는지 여러분은 아실 것이오. 우리들 중 소수만이 이 재앙을 견디고 살아남는다면 그것으로 충분하오. 우리는 이 상황을 냉정하게 판단해야 하오! 자, 여러분 여기 앉아 있는 우리의 수는 너무 많소. 우리는 우리의 수를 대폭 줄여야 하오. 이것은 이성理性의 명령이오. 그러면 저 끝에서부터 번호를 불러주시겠소?"

회색 일당은 차례로 번호를 불렀다. 그러자 의장은 주머니에서 동전을 꺼내어 설명했다.

"제비를 뽑겠소. 숫자가 새겨진 면이 나오면 짝수 번호인 자들이 남는 것이고, 사람 얼굴이 있는 면이 나오면 홀수 번호인 자들이 남는 거요."

그는 동전을 높이 던졌다가 주워들었다.

"숫자요! 짝수 번호는 남고 홀수 번호는 즉각 사라지시오!"

그가 소리쳤다.

소리도 되어 나오지 않는 신음이 패배자들 사이로 퍼져 나갔다. 하지만 저항하는 자는 아무도 없었다. 짝수를 가진 시간도둑들은 그들로부터 시가를 물려받았고, 죽음을 선고받은 자들은 사라져 버렸다.

의장은 다시 말없는 좌중을 향해 입을 열었다.

"자, 그럼 똑같은 방법으로 또 한 번 되풀이합시다."

소름끼치는 똑같은 과정이 두 번, 세 번, 결국 네 번까지 진행되었다. 그러자 겨우 여섯 명의 회색 일당이 남게 되었다. 그들은 세 명씩 끝없이 긴 탁자의 앞쪽 끝에 마주 앉아 서로 차갑게 노려보고 있었다.

모모는 몸서리를 치면서 이 광경을 지켜보았다. 그리고 이 회색 일당의 숫자가 줄어들어 갈수록 무시무시한 냉기가 사라진다는 것을 확실히 깨달았다. 조금 전에 비하면 지금은 어느새 한결 견딜 만했다.

이윽고 그들 중 한 회색 사나이가 말했다.

"여섯은 나쁜 징조요."

"이제는 됐소."

탁자의 다른 편에 있는 한 사나이가 대답했다.

"이제 수를 더 줄인다는 것은 의미가 없소. 여기 여섯으로 이 재앙을 이겨내지 못한다면 셋으로도 역시 안 되는 것이오."

"반드시 그렇지만은 않아요. 그렇지만 필요한 경우엔 언제라도 또 그 방법을 쓸 수 있겠지요. 나중에라도 말이오."

앞서 말한 자가 설명했다.

한동안 침묵이 흐르더니 어떤 자가 말했다.

"재난이 시작될 때 저장고의 문이 열려 있었던 게 얼마나 다행인지 모르겠소. 그 모든 것이 멈춘 결정적인 순간에 문이 잠겨 있었더라면 지금은 세상의 어떤 힘으로도 열 수가 없었을 것이오. 그랬다면 우리는 이미 끝장났을 것이오."

"유감스럽지만, 꼭 그렇지만은 않소, 동지."

다른 자가 대답했다.

"문이 열려 있었기 때문에 냉동실의 온도가 올라가고 있소. 시간의 꽃들이 조금씩 녹게 될 것이오. 그렇게 되면 여러분도 알다시피 그 꽃들이 완전히 녹아서 본래의 주인에게 되돌아가 버릴 것이며, 우리들의 힘으로는 이를 막을 도리가 없소."

그러자 세번째 사나이가 물었다.

"그렇다면 우리의 냉기로는 저장하고 있는 꽃의 온도를 유지하지 못한다는 말인가요?"

"유감스럽게도 우리는 여섯뿐이오. 우리가 얼마쯤의 영향력을 행사할 수 있는지는 당신 스스로 헤아려 보시오. 우리의 수를 그렇게 무작정 줄인 것은 조금 경솔했던 것 같소. 그런다고 앞으로 우리에게 별로 득도 없을 것 같은데."

두번째 사나이가 대꾸했다.

다시금 침묵이 흘렀다.

"그러면 우리는 몇 년이고 여기에 이렇게 앉아 서로를 감시나 하고 있어야겠군요. 솔직히 말하자면 앞일이 캄캄하오."

한 사나이가 입을 뗐다.

모모는 이것저것 생각하기 시작했다.

'여기에 마냥 앉아서 기다리고 있는 것은 확실히 의미 없는 일이야. 회색 인간들이 완전히 없어진다면 시간의 꽃들이 저절로 녹아버리겠지만 아직은 그들이 엄연히 남아 있지 않은가. 내가 손을 쓰지 않으면 그들은 계속 살아갈 것이다. 그렇지만 저장고의 문이 저렇게 열려 있어서 시간도둑들이 언제든지 마음대로 시가를 보급받게 될 텐데 어떻게 하지?

그때 카시오페이아가 바둥거렸기 때문에 모모는 그쪽을 바라보았다.

"네가 저 문을 닫아!"

거북 등에 글자가 쓰여 있었다.

"그건 무리야! 움직이지 않을 거야."

모모가 속삭였다.

"꽃으로 문을 건드리면 돼!"

이것이 거북 등에 나타난 대답이었다.

"시간의 꽃으로 건드리면 문을 움직일 수 있니?"

모모가 소곤거렸다.

"네가 하면 돼."

글자가 다시 거북 등에 나타났다.

카시오페이아가 그렇게 예언한다면 틀림없을 것이다. 모모는 거북을 살그머니 땅바닥에 내려놓았다. 그러고는 그동안 벌써 상당히 시들어 꽃잎이 몇 개 남지 않은 시간의 꽃을 저고리 밑에 감추었다.

그 다음 모모는 여섯 회색 일당의 눈에 띄지 않고 긴 회의용 탁자 밑으로 기어들어갈 수 있었다. 거기서부터는 네 발로 기어서 탁자 반대쪽 끝에 이르렀다. 이제 모모는 바로 시간도둑들의 발 사이에 웅크리고 앉았다. 가슴이 터질 듯이 쿵쾅거렸다.

모모는 호주머니에서 시간의 꽃을 꺼내 입에 물고, 살금살금 회색 일당이 전혀 눈치채지 못하게 의자 사이를 빠져나갔다.

이윽고 열려 있는 저장고 문에 이르자 모모는 꽃으로 문을 건드림과 동시에 손으로 밀었다. 그러자 문짝은 정말로 소리도 없이 움직여서 '찰칵' 하고 자물쇠가 맞물렸다. 그 울림은 홀 안과 수천 갈래의 지하도로 겹겹의 메아리가 되어 퍼져갔다.

모모는 발딱 일어났다. 자기들 외에는 움직일 수 있는 것이 있으리라곤 꿈에도 생각지 못했던 회색 사나이들은, 놀란 나머지 얼이 빠져 의자에 못 박힌 듯 앉아 서로 쳐다보았다.

모모는 정신없이 그들 곁을 빠져나와서 출구를 향해 달렸다. 그러자 회색 사나이들도 벌떡 일어나서 모모를 뒤쫓았다.

"저건 그 얄미운 꼬마가 아닌가!"

어떤 자의 고함소리가 들렸다.

"모모다!"

"이런 일이 벌어지다니! 어떻게 그 애가 문을 움직일 수가 있단 말이오?"

다른 자도 소리쳤다.

"그 애는 시간의 꽃을 가지고 있소!"

세번째 사나이가 고함쳤다.

이번엔 네번째 사나이의 소리였다.

"그래서 문을 움직일 수 있었단 말이오?"

다섯번째 사나이가 화가 나서 이마를 치며 외쳤다.

"그렇다면야 우리도 그렇게 할 수 있잖소! 시간의 꽃이라면 우리는 충분히 갖고 있지 않소!"

"할 수 있었지, 할 수 있었어! 그렇지만 이젠 문이 잠겼소! 방법은 한 가지밖에 없소. 꼬마가 쥔 시간의 꽃을 빼앗아야 하오.

그러지 않으면 모두 끝장이오!"

여섯번째 사나이가 날카롭게 외쳤다.

그러는 사이에 모모는 수없이 갈라진 지하도의 어딘가로 모습을 감추었다. 하지만, 물론 여기서는 회색 사나이들이 훨씬 더 지리에 밝았다. 모모는 이리저리 닥치는 대로 도망을 쳤고, 어떤 때에는 추적자가 손에 잡힐 듯이 따라왔지만 그때마다 용케 빠져나갈 수가 있었다.

카시오페이아도 자기의 방식으로 크게 활약했다. 거북은 느림보로 길 줄밖에 몰랐지만 추적자들이 어디로 쫓아갈지를 항상 미리 알고 있었기 때문에, 제때에 맞춰 그 자리에 가 있다가 회색 사나이들이 자기에게 걸려 넘어지거나 나뒹굴도록 만들었던 것이다. 그러면 뒤따라오던 사나이가 그 넘어진 사람 위에 엎어졌다. 이런 식으로 거북은 거의 붙잡히게 될 뻔한 모모를 여러 차례 구해 주었다. 물론 그러는 동안에 거북 자신은 발에 채어 날아가서 벽에 부딪히는 때가 허다했다. 그래도 거북은 그 일을 그만두지 않았고, 자기가 예견한 대로 계속했다.

이 추적전에서 회색 사나이들은 시간의 꽃을 탐낸 나머지 정신이 나가 시가를 잃어버리고는 하나씩하나씩 사라져 갔다. 그래서 결국은 그들 중 둘만이 남게 되었다.

모모는 긴 회의용 탁자가 있는 큰 홀로 도망쳐 되돌아왔다. 두 명의 시간도둑은 탁자를 뱅뱅 돌며 모모를 쫓았지만 아무래도 잡을 수가 없었다. 그러자 그들은 서로 갈라져서 양쪽에서 덤벼들었다. 이제 모모로서는 빠져나갈 길이 없어졌다. 모모는 큰 홀의 한쪽 구석에 몰려 선 채 겁에 질려 두 추적자를 쳐다보고 있었다. 꽃을 가슴에 꼭 안고 있었다. 거기에는 이제 겨우 빛나고 있는 세 개의 꽃잎이 달려 있을 뿐이었다.

첫번째 추적자가 꽃을 향해 손을 뻗으려는 순간 두번째 추적자가 그를 밀쳐냈다.

"안 돼. 꽃은 내 것이오! 내 것!"

그가 소리쳤다.

두 회색 사나이는 서로를 떼밀기 시작했다. 그러는 바람에 첫 추적자가 다른 사나이의 입에서 시가를 쳐서 떨어뜨렸다. 그러자 그 상대는 요괴 같은 신음소리를 내며 두서너 번 빙글빙글 돌더니 투명하게 변하며 사라졌다. 그러자 마지막 남은 회색 사나이가 모모에게 다가왔다. 그의 입가에서는 부러진 작은 시가 꽁초가 연기를 뿜고 있었다.

"자, 꽃을 내놔!"

이렇게 헐떡이며 말하는 사이에 그의 입에서 작은 꽁초가 떨어져 굴러갔다. 회색 사나이는 바닥에 몸을 던져 꽁초를 향해 손을 뻗어 잡으려 했지만 닿지 않았다. 그는 잿빛 얼굴을 모모에게 돌리고 가까스로 반쯤 몸을 일으키고는 부들부들 떨며 손을 들었다.

"부탁이다. 제발, 꼬마야, 꽃을 다오!"

그가 중얼거렸다.

모모는 여전히 구석에 웅크리고 선 채 꽃을 꼭 껴안고는 고개를 살랑살랑 저었다. 한마디 말도 입밖으로 나오지 않았다.

마지막 회색 사나이는 서서히 고개를 끄덕였다. 그러더니 중얼거렸다.

"잘된 거야. 잘된 거야…… 이제…… 모든 것이…… 끝나 버렸어……."

그러고는 그 사나이도 사라져 버렸다. 모모는 이제 어떻게 해야 할지 몰라 그가 쓰러졌던 자리를 뚫어지게 바라보고 있었다.

"문을 열어."

글자를 등에 쓴 카시오페이아가 기어왔다.

모모는 문으로 다가가서, 단 하나의 마지막 꽃잎이 달려 있는 시간의 꽃으로 다시 문을 건드려서 문을 활짝 열었다. 마지막 시간도둑이 사라짐과 동시에 추위도 사라졌다.

모모는 놀라서 눈을 동그랗게 뜬 채 어마어마하게 큰 저장고로 들어갔다. 유리처럼 얼어붙은 많은 시간의 꽃들이 끝없는 선반에 줄지어 있었다. 그중의 어떤 것은 다른 것보다 찬란해 보였다. 똑같은 것은 하나도 없었다. 그것은 수십만 수백만 인간의 시간이었다. 주위는 온실 안처럼 점점 따스해졌다.

모모가 든 시간의 꽃의 마지막 잎이 떨어짐과 동시에 갑자기 폭풍이 몰아쳤다. 시간의 꽃들이 구름처럼 모모의 꽃 주위로 몰려와 소용돌이치며 지나갔다. 그것은 마치 따스한 봄날이 옴을 알리는 꽃샘바람 같았다. 자유로워진 시간의 폭풍이었다.

모모는 꿈꾸듯 주위를 두리번거리고는 자기 바로 앞 바닥에 있는 카시오페이아를 바라보았다. 그러자 거북 등에는 이런 빛나는 글자가 나타났다.

"빨리 돌아가, 꼬마 모모. 꽃을 타고 날아가!"

이것이 모모가 카시오페이아를 본 마지막이었다. 곧 꽃들의 폭풍이 그야말로 세차게 몰아쳐 와서 모모는 자기 자신도 꽃이 된 듯이 그 바람에 실려 어두운 지하도를 빠져나와 땅 위로, 그리고 대도시 위 하늘로 날아왔다.

모모는 점점 크게 크게 뭉쳐지는 거대한 꽃구름에 묻혀 지붕과 탑 위를 날았다. 그건 바로 찬란한 음악에 맞춰 추는 흥겨운 춤이었다. 모모는 그 속에 떠서 아래위로 흔들리며 뱅뱅 돌았다.

이윽고 꽃구름은 서서히 하늘에서 내려앉았다. 꽃들은 정지한 세계 위로 눈송이처럼 춤추며 떨어졌다. 그리고 꽃들이 속했던 원래 자리로, 인간의 마음 속으로 되돌아가기 위해서 살며시 눈송이처럼 녹아들어 사라졌다.

그 순간 시간은 다시 흐르기 시작했다. 만물은 새로이 활기를 띠고 생동하기 시작하였다. 자동차가 달리고 교통순경들은 호루라기를 불었다. 비둘기가 날고 강아지는 전신주에 실례를 나시 했다. 세계가 한 시간 동안 정지해 있었다는 사실을 인간들은 전혀 모르고 있었다. 왜냐하면 정지와 새로운 시작 사이에는 전혀 시간이 흐르지 않았기 때문이다. 그것은 인간들에게는 눈 깜짝할 사이처럼 지나가 버린 것이다.

하지만 무엇인가 과거와는 달랐다. 모든 인간들은 너나 할것 없이 갑자기 많은 시간을 갖게 되었다. 물론 모두 그것을 굉장히 기뻐했다. 그러나 그것이 사실은 불가사의한 방법으로 되돌아온, 자신의 시간이라는 것을 아는 이는 아무도 없었다.

모모가 제정신을 차렸을 때 그녀는 어떤 거리에 서 있었다. 좀전에 베포를 보았던 그 뒷골목이었다. 그런데 베포가 등을 보인 모습으로 빗자루에 몸을 기댄 채 여전히 거기 있지 않은가! 그러나 베포의 모습은 옛날과 똑같았다. 그는 왜 갑자기 서두를 필요가 없어졌고, 이렇게 별안간 안도와 희망이 넘치게 되었는지 몰라서 이상하게 여기고 있었던 것이다.

그는 생각했다.

'아마 이제 내가 십만 시간을 절약해서인지도 몰라.'

바로 그때 누군가가 저고리를 잡아당기는 바람에 베포는 몸을 돌렸다. 눈앞에 꼬마 모모가 서 있지 않은가!

이 재회의 기쁨을 묘사할 수 있는 말은 아마 이 세상에 없을 것이다. 두 사람은 웃음과 울음을 반복하며 끝도 없이 이야기를 주고받았다. 물론 기쁨에 취했을 때 늘 그랬듯이 온통 횡설수설 이 얘기 저 얘기를 늘어놓으면서. 그리고 끊임없이 서로를 얼싸안았다. 지나가는 사람들도 멈춰 서서 즐거워하며 같이 웃고 울며 기쁨을 나누었다. 이제는 그들도 모두 그럴 만한 시간을 가졌기 때문이다.

이윽고 베포는 빗자루를 어깨에 멨다. 당연한 일이지만, 그는 그날 아예 청소를 그만두었다. 이렇게 하여 두 사람은 팔짱을 끼고 시내를 지나 원형극장 옛 터를 향해 걸었다. 둘은 할 얘기가 산더미처럼 많았다.

이제 대도시에서는 오랫동안 보지 못했던 광경이 펼쳐졌다. 어린이들은 거리 한복판에서 놀이를 하고, 자동차를 몰고 가던 사람은 차를 세워놓고 미소를 머금고 어린이들을 바라보았고 때로는 차에서 내려 함께 놀았다. 어디나 사람들이 모여 서서 정답게 이야기를 주고받으며 서로의 안부를 자세히 묻고 있었다.

일을 하러 가는 사람들도 창가의 꽃들을 보고 감탄하거나 새에게 모이를 던져주는 여유가 생겼다. 의사들도 이제는 모든 환자한테 천천히 봉사하고 있었다. 노동자들도 마음 놓고 자기 일에 애정을 갖고 일했다. 왜냐하면 가장 짧은 시간에 가장 큰 효과를 가져오는 일이 이제는 중요하지 않았기 때문이다. 누구나가 어떠한 일에든 자기가 필요로 하는 만큼, 원하는 만큼의 시간을 쓸 수 있었다. 다시 충분한 시간을 갖게 되었기 때문이다.

하지만 사람들은 대부분 이 모든 것이 누구의 덕분인지, 그리고 그들에겐 눈 깜짝할 사이였던 한 시간 동안 무슨 일이 일어났는지 알지 못했다. 그들 대부분은 아마 얘기를 들어도 믿지 않을 것이다. 이 진실을 알고 믿는 것은 모모의 친구들뿐이었다.

꼬마 모모와 베포 할아버지가 그날 원형극장 옛 터로 되돌아오자, 이미 친구들이 모두 모여 그들을 기다리고 있었다. 관광안내원 지지, 파올로, 마시모, 프랑코, 꼬마동생 데데를 데리고 온 마리아, 클라우디오 그리고 그 밖의 아이들, 주점 주인 니노, 그의 뚱뚱보 마누라 릴리아나 그리고 그들의 갓난아이, 미장이 니콜라. 그리고 그전에 항상 모모를 찾아와서 얘기를 듣곤 하던 이웃 사람들…….

이어서 축제가 벌어졌다. 오로지 모모의 친구들만이 누릴 줄 아는 매우 즐거운 축제였다. 그것은 태곳적부터 비추던 별들이

하늘 가득 뜰 때까지 계속되었다.

환호와 포옹, 악수와 웃음 그리고 떠들썩한 잡담이 멈추고
나자 모두 잔디로 뒤덮인 돌계단 위에 둥글게 앉았다. 주위는
아주 조용해졌다.

모모가 텅 빈 터의 한가운데 섰다. 모모는 조용히 별의 음성
과 시간의 꽃에 대한 생각에 잠겼다. 그러고 나서 맑은 소리로
노래를 부르기 시작했다.

한편 초공간의 집에서는, 시간이 되돌아오면서 처음이자 마지
막이었던 잠에서 깨어난 호라 박사가 아담하고 작은 식탁 앞의
의자에 앉아서 만물을 투시할 수 있는 안경을 쓰고 모모와 그의
친구들을 미소를 머금고 바라보고 있었다. 그는 중병에서 갓 회
복된 듯이 무척 창백해 보였다. 하지만 그의 눈만은 반짝반짝 빛
나고 있었다.

그때 그는 뭔가가 발을 건드리는 감촉을 느꼈다. 안경을 벗
고 아래로 내려다보니 발 앞에 거북이 앉아 있는 것이 보였다.

"카시오페이아. 너희들, 참 잘해 주었다. 내게 그 일을 전부
얘기해 줘야겠어. 이번만큼은 나도 너희들을 볼 수 없었거든."

그는 정답게 부르며 거북의 목을 어루만졌다.

"나중에요!"

거북 등에 글자가 반짝였다. 그러더니 카시오페이아는 재채
기를 했다.

"감기에 걸린 게냐?"

호라 박사가 걱정스레 물었다.

"된통 걸렸어요!"

카시오페이아의 등에 글자가 나타났다.

"회색 일당의 냉기 때문이로구나. 피곤하지? 우선 푹 자고 싶지? 자, 손발을 넣고 가서 쉬렴."

"고마워요!"

거북 등이 한 번 더 빛났다.

그리고 카시오페이아는 절뚝거리며 조용하고 어두운 구석으로 기어들어가서는 껍질 속으로 머리와 네 발을 쏙 집어넣었다. 그러자 거북 등에는 이 이야기를 읽은 독자만이 알아볼 수 있는 글자가 서서히 나타났다.

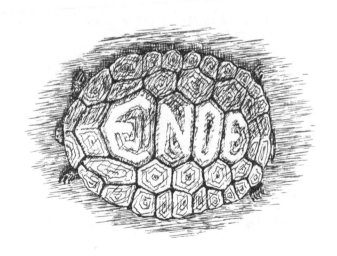

지은이의 짤막한 뒷이야기

아마 나의 독자들 중에는 지금 궁금해서 좀이 쑤시는 분이 많을 것이다. 하지만 미안하게도 그에 대해 대답을 해줄 수가 없다. 왜냐하면 나는 이 이야기를 다른 사람한테서 들었는데, 그것을 기억나는 대로 썼기 때문이다. 사실 나는 꼬마 모모와 그녀의 친구들을 한 번도 만난 적이 없다.

이 이야기 이후 그들이 어떻게 되었는지, 지금 어떻게 지내고 있는지도 나는 모른다. 또한 이 이야기의 배경이 된 대도시에 관해서도 오직 나 자신의 상상에 의지해서 썼던 것이다.

한 가지 내가 이 이야기의 마지막에 덧붙이고 싶은 것은 다음과 같은 사실이다.

그 당시 나는 긴 여행을 하고 있었다(지금도 나는 여전히 여행중이지만). 어느 날 밤, 나는 내가 탄 기차 안에서 어떤 이상한 승객과 같이 앉게 되었다. 이상하다고 한 것은 그의 나이를 도저히 추측할 수 없었기 때문이다. 처음에는 그저 어떤 노인이 내 앞에 앉아 있거니 생각했었는데, 곧 나는 내가 착각하고 있었다는 것을 깨달았다. 그도 그럴 것이 상대방이 갑자기 젊은이로 보였기 때문이다. 하지만 그 인상 역시 어느새 착각이었음이 드러났다.

어쨌든 그날 밤 그는 긴 여행 동안 내게 이 이야기를 들려주었다.

그의 이야기가 끝나고 우리들은 잠시 말이 없었다.

그러자 이 수수께끼 같은 사람이 한마디 말을 덧붙였는데, 나는 이 말을 독자에게 전해야겠다고 생각했다.

"저는 당신에게 지금 한 얘기가 과거에 일어났던 일처럼 말했군요. 하지만 앞으로 일어날 일로 바꿔도 좋았을 것입니다. 그것은 그다지 큰 차이가 없습니다."

그러고 나서 그는 다음 역에서 하차했던 것 같다. 왜냐하면 한참 후에 정신을 차렸을 때에는 나 혼자 남아 있었기 때문이다.

유감스럽게도 나는 그 후 그 사람을 다시는 만나지 못했다.

그러나 우연히 그를 다시 한 번 만나게 된다면 나는 그에게 많은 것을 물어보려 한다.

▨ 옮긴이

전남 여천 출생.
일본 오사카외국어대학(독일어학부)과
동국대학교 대학원을 졸업한 문학박사.
전남대, 성균관대, 동국대 교수 역임.
부산산업대 명예교수 역임.

지은책으로는 《괴테어록·시집》《히틀러 어록》 등이 있으며,
옮긴책으로는 《안네의 일기》《밤과 함께》《나의 투쟁》 등이 있음.

모모(하)

1988년	6월 10일	초판 1쇄 발행
1994년	4월 30일	2 판 1쇄 발행
2005년	8월 25일	2 판 2쇄 발행

지은이　미 하 엘　엔 데
옮긴이　서　석　연
펴낸이　윤　형　두
펴낸데　**범　우　사**

출판등록 1966. 8. 3.　　제406—2003—048호
(413-756) 경기도 파주시 교하읍 문발리 출판단지 525-2
전화대표 031-955-6900~4 / FAX 031-955-6905

＊책값은 뒤표지에 있습니다.　　편집·교정/윤아트·신영미
＊파본은 교환해 드립니다.

ISBN　89-08-03326-2 04850　　http://www.bumwoosa.co.kr
　　　89-08-03202-9 (세트)　　(E-mail) bumwoosa@chol.com

2005년 서울대·연대·고대 권장도서 및

논술시험 준비중인 청소년과 대학생을

범우비평판

溫故知新으로 21세기를! 범우사   Tel 717-2121 Fax 717-0429
www.bumwoosa.co.kr

미국 수능시험주관 대학위원회 추천도서!

위한 책 최다 선정(31종) 1위!

세계문학

147권
발행 ▶계속 출간

▶크라운변형판
▶각권 7,000원~15,000원
▶전국 서점에서 낱권으로 판매합니다

★ 서울대 권장도서
● 연고대 권장도서
◆ 미국대학위원회 추천도서

근대 개화기부터 8·15광복까지

범우비평판

근대 이후 100년간 민족정신사적으로 재평가, 성찰할 수 있는

- ❶-1 신채호편 백세 노승의 미인담 (외) 김주현(경북대)
- ❷-1 개화기 소설편 송뢰금 (외) 양진오(경주대)
- ❸-1 이해조편 홍도화 (외) 최원식(인하대)
- ❹-1 안국선편 금수회의록 (외) 김영민(연세대)
- ❺-1 양건식·현상윤 (외)편 슬픈 모순 (외) 김복순(명지대)
- ❻-1 김억편 해파리의 노래 (외) 김용직(서울대)
- ❼-1 나도향편 어머니 (외) 박헌호(성균관대)
- ❽-1 조명희편 낙동강 (외) 이명재(중앙대)
- ❾-1 이태준편 사상의 월야 (외) 민충환(부천대)
- ❿-1 최독견편 승방비곡 (외) 강옥희(상명대)
- ⓫-1 이인직편 은세계 (외) 이재선(서강대)
- ⓬-1 김동인편 약한 자의 슬픔 (외) 김윤식(서울대)
- ⓭-1 현진건편 운수 좋은 날 (외) 이선영(연세대)
- ⓮-1 백신애편 아름다운 노을 (외) 최혜실(경희대)

26권 발행 ▶계속 출간됩니다

크라운 변형판 | 각권 350~620쪽 내외
각권 값 10,000~15,000원
전국 서점에서 낱권으로 판매합니다

범우비평판 한국문학의 특징

▶문학의 개념을 민족 정신사의 총체적 반영
▶기존의 문학전집에서 누락된 작가 복원 및 최초 발굴작품 수록
▶학계의 대표적인 문학 연구자들의 작가론과 작품론 및 작가연보, 작품연보 등 비평판 문학선집의 신뢰성 확보
▶근현대 문학의 '정본'을 확인한 최고의 역작

집대성한 한국문학의 '정본'!

한국문학

문학·예술·종교·사회사상 등 인문사회과학 자료의 보고 —임헌영(문학평론가)

발행 예정도서

 종합출판 범우(주) 경기도 파주시 교하읍 문발리 525-2 출판문화정보산업단지
T(031) 955-6900~4 F(031)955-6905   ●공급처 : (주)북센 (031)955-6777

온고지신(溫故知新)으로 21세기를!

현대사회를 보다 새로운 시각으로 종합진단하여
그 처방을 제시해주는

범우사상신서

범우사 서울시 마포구 구수동 21-1호 전화 717-2121, FAX 717-0429
http://www.bumwoosa.co.kr (천리안·하이텔 ID) BUMWOOSA

범우고전선

시대를 초월해 인간성 구현의 모범으로 삼을 만한 책을 엄선

▶ 계속 펴냅니다

범우사 서울시 마포구 구수동 21-1호 TEL 717-2121, FAX 717-0429
http://www.bumwoosa.co.kr (E-mail) bumwoosa@chollian.net

범우학술·평론·예술

 범우사 　서울시 마포구 구수동 21-1
전화 717-2121 FAX 717-0429

범우 셰익스피어 작품선

범우비평판세계문학선 3-❶❷❸❹

셰익스피어 4대 비극
W. 셰익스피어 지음/이태주 옮김
크라운 변형판 · 값 12,000원 · 544쪽

우리에게 너무도 잘 알려진 〈햄릿〉〈맥베스〉〈리어왕〉〈오셀로〉 등 비극 4편을 싣고 있으며, 셰익스피어의 비극세계와 그의 성장과정 · 극작가로서 그가 차지하는 문학사적 지위 등을 부록(해설)으로 다루었다.

셰익스피어 4대 희극
W. 셰익스피어 지음/이태주 옮김
크라운 변형판 · 값 10,000원 · 448쪽

영국이 낳은 세계최고의 시인이요 극작가인 셰익스피어의 희극 4편을 실었다. 〈베니스의 상인〉〈로미오와 줄리엣〉〈한여름밤의 꿈〉〈당신이 좋으실 대로〉 등을 통하여 우리의 영원한 세계문화 유산인 셰익스피어를 가까이 만날 수 있을 것이다.

셰익스피어 4대 사극
W. 셰익스피어 지음/이태주 옮김
크라운 변형판 · 값 12,000원 · 512쪽

셰익스피어 사극은 14세기 말에서 15세기 말에 이르기까지 영국사의 정권투쟁을 다루고 있다. 여기에는 〈헨리 4세 1부, 2부〉〈헨리 5세〉〈리차드 3세〉를 수록하였는데 셰익스피어는 이러한 역사극을 통해 세계인들에게 이상적인 군주의 모습이 어떤 것인지를 잘 보여주고 있다.

셰익스피어 명언집
W. 셰익스피어 지음/이태주 편역
크라운 변형판 · 값 10,000원 · 384쪽

이 책은 그의 명언만을 집대성한 것으로 인간의 사랑과 야망, 증오, 행복과 운명, 기쁨과 분노, 우정과 성(性), 처세의 지혜 등에 관한, 명구들이 일목요연하게 엮어져 있다.

범우사 서울시 마포구 구수동 21-1호 전화 717-2121, FAX 717-0429
http://www.bumwoosa.co.kr (천리안 · 하이텔 ID) BUMWOOSA